JN131580
ゲームで不遇職を極めた少年、異世界では
魔術師適性MAX
だと歓迎されて英雄生活を自由に満喫する
スペルキャスターLv100

この世界広しといえども、
貴殿に勝る魔術師は存在しません。
❖メルティア❖
異世界アローディアの女神。
ゲームを通じて現代から魔術
適性の高い者を選んでいた。

――あなた様こそが
長年求め続けた正真の英雄なのです。

❖道成寺九郎❖

人気ゲーム「アローディア」で
100万人のプレイヤーの頂点
に立った最高のゲーマー少年。

**ゲームそっくりの
ガチ異世界へようこそ!?
不遇職を極めた少年、
本物の魔術師になる!**

❖セイラ❖
大神殿に仕える若き神官。
異世界での九郎のお世話を
するため同棲中。彼をから
かって遊ぶのが大好き。

お茶目な冗談ではないですか
朝から眼福だったでしょう？
憧れの異世界『英雄』生活は
からかい可愛い
専属メイドさん付き!?

そは劈くもの。
青く閃く天の裁き――

ちい。
劣等種(ニンゲン)の分際で小癪な。
❖アルシメイア❖
ヴァンパイアクイーン。
ゲームのアローディアでは実装
されていなかった本物の魔族。
いざ究極至高(レベル100)の魔術戦――!!
ゲームでは味わえない
本気の死闘に挑め!

CONTENTS

VOL.1

プロローグ　005
第一章　九郎、異世界に召喚さる　014
第二章　九郎、マイホームをゲットする　035
第三章　九郎、異世界生活に魅了さる　071
第四章　九郎、目に焼き付ける　095
第五章　九郎、女騎士さんと出会う　124
第六章　九郎、思いの丈を叫ぶ　161
第七章　九郎、征く　209
エピローグ　244

Spell Caster

Lv100

GA文庫

ゲームで不遇職を極めた少年、異世界では魔術師適性MAXだと歓迎されて英雄生活を自由に満喫する／スペルキャスターLv100

あわむら赤光

GA文庫

キャラクター紹介◆Characters

道成寺九郎（どうじょうじくろう）

MMORPG《アローディア》にハマり、魔術師職を極めて全ユーザー100万人の頂点に立った少年。その結果、ゲームそっくりの異世界に召喚され本物の魔術師として最高の適性を見込まれる。

Spell Caster Lv100

セイラ

ハイラディア大神殿に仕える神官。女神メルティアの計らいで九郎の身の回りの世話をしてくれるメイドさんとして一緒に暮らすことになる。性格は真面目で献身的。九郎をからかって遊ぶのが大好き。

イラスト：ミチハス

異世界アローディアを治めるアロード神族の一人。ゲームを初めてクリアした九郎を異世界に招いた。女神の中では最も人間の感性を理解し、地球の人間にゲーム制作を依頼したのも彼女。

l Caster
100

女騎士さん(?)

九郎が冒険中に出会った謎多き女騎士さん。クロウの魔術の才能に驚嘆する。さる高貴な女性に仕える騎士を自称しているが、あからさまな偽名を名乗るなどその素性を伺い知ることはできない。

Spell Caster
Lv100

プロローグ　Prologue

道成寺九郎（どうじょうじくろう）がドハマリしているMMORPG（マルチ・オンラインゲーム）《アローディア》には、極めて独特なシステムが存在する。

今も一〇・五インチ型タブレット（父親のお古）でプレイ中の九郎は――

「『カ・カル・タ・カン！　イフリート王の炎よ！』」

――とマイクデバイスに向けて叫ぶ。

すると画面の中のプレイヤーキャラクター〝クロウ〟もまた、〈詠唱（キャスト）〉状態となる。

〇・三秒のチャージタイムを経て、レベル九十一で習得した魔法――《ブレイズ・オブ・ブレイジーズ》が発動。

タブレット画面内の〝クロウ〟が紅蓮（ぐれん）の炎を放射し、敵性（エネミー）モンスターを焼く。

漆黒（しっこく）の巨大な狼（おおかみ）の姿をしたクエストボスが、ゲームシステムでいうところの〈被ダメージ硬直〉状態となって苦しみ喘（あえ）ぐ。

「よっしゃ効いた！」

敵ボスの持つ膨大な生命力(HP)バーが、わずかなりと削(けず)れたのを確認し、快哉(かいさい)を上げる九郎。

ネット掲示板の情報では、レベル九十九の前衛職がどれだけ殴ってもダメージを与えられなかったという話だが、やはり魔法攻撃なら通用した。

「『そは劈(つんざ)くもの！　ヴァナメイヤ！　神鳴る矢にして青く閃(ひらめ)く天の裁き！』」

九郎は調子に乗って次の魔法攻撃を用意する。

システムに規定された呪文(じゅもん)をまた叫び、タブレットのマイクデバイスがその音声を認識。

〝クロウ〟が《ブルーライトニング》を撃ち放ち、漆黒の巨狼(ボスモンスター)を貫く。

これも敵を〈硬直〉させ、さらに〈麻痺(まひ)〉の状態異常(バッドステータス)まで与えた。

「効いてる、効いてる」

九郎はもう有頂天(うちょうてん)になって自分のキャラ(クロウ)を操作する。

画面に映る仮想方向キーを使って、右へ左へ。

〈硬直〉中でもボスモンスターの反撃アビリティが発動し、漆黒の毛が矢と化して次々と飛んでくるが、九郎は機敏な反応と精密な操作で、尽(ことごと)く〝クロウ〟に回避させる。

後衛職でソロプレイを極めるために、この手の操作は特訓しまくったのだ。

「『ハイドラー……ハイドラー……九つの毒牙(きば)が汝(なんじ)を苛(さいな)む……！』」

お返しに《ヒュドラバイト》で、敵ボスに〈激毒〉の継続的(スリップ)ダメージをお見舞いする――

　この《アローディア》というゲームでは、あらゆる〈魔法〉の使用に際し、必ず既定の呪文を音声入力しなくてはいけない。

　他の〈職業〉はタップ入力だけでスキルを発動させることができ、後衛職の〈司祭〉でさえ同じくタップ一発で治癒系の〈奇跡〉を使うことができるのにだ。

　魔法を使う専門職――すなわち〈魔術師〉が、不遇職といわれる所以だった。

「でも俺からすると、呪文を唱えるからこそイイんだよね。カッケえんだよね。てかロープレイって本来そういうもんじゃん？」

　と九郎は常日頃から嘯いて憚らない。

　しかし誰も理解してくれない。

　陰で、あるいは面と向かって笑われるばかり。

　どころか〈クラン〉にも入れてもらえない。

「別に前衛職の数を集めてタコ殴りするだけで、なんでも勝てるし」

「司祭なら歓迎だけど」

「アタッカーなのにいちいち呪文を唱えないといけない不遇職の人はちょっと……」

　と、初心者のころに断られまくった。

　こんな有様だから、〈魔術師〉で遊ぶプレイヤーなんてほとんどいない。

少し詳しい話をすると――覇権MMORPGである《アローディア》は、日本全国になんと百万人を超えるアクティブユーザーがいる。

某レビューサイトの評価は平均九・八とほぼ満点。

「これぞ神ゲー」

「端的に言って神ゲー」

「まさに神が創ったかのような奇跡のゲームバランス」

等々の絶賛の声が溢（あふ）れている。

一方、少数ながら不満の声をひろえば、

「呪文を唱えないと魔法を使えないのがダサい」

「今時センスを疑う」

「ゲームデザイナーは五十代（アラフィフ）の老害」

と――やはり魔法周りの独自のシステムに集中しているのである。

実際、〈魔術師（スペルキャスター）〉でプレイしている者は千人に満たないと公式でアナウンスされているほど。

全百万人の中の、たったの〇・一パーセント未満。これはひどい。

まして最高レベルである九十九に達したプレイヤーなど、全サーバーを検索しても九郎一人しかいなかった。

《アローディア》はレベルアップに必要な経験値が莫大に要求されるゲームなのだが、レベルが九十台に入るとなぜかデスペナルティまで異様にキツくなり、うっかり〈死亡〉するたびにレベルが一つ下がってしまう仕様のため、九郎に次いで二番目に高いプレイヤーでもレベルは八十九止まりという状況だった。


現在十四歳の九郎が、小学生の時から始めて丸三年。

周りの嘲弄にもめげず、ソロプレイの辛さ（ゲーム難易度的にも精神的にも！）にもめげず、デスペナルティでレベルダウンするたびタブレットを叩きつけたくなる衝動にも耐えて、ここまできた。

回避操作の他、状況に適した魔法を瞬時に選択できる判断力、数々の魔法に対応した呪文の完璧な暗記、その呪文を素早くミスなく詠唱できる技術、等々を磨き抜いてきた。

誰にも守ってもらえないソロプレイで、レベル九十九を三か月も維持した。

そして、いよいよ「その先」を目指すことにした。

《アローディア》のサービス開始時から実装されている、とある〈クエスト〉があるのだ。

にもかかわらず未だに一人もクリアできていない、最難関クエストがあるのだ。

公式のアナウンスによれば——

そのクリア報酬は、〈レベル一〇〇〉への到達。

まさに前人未到だ。しかも九郎はソロでの挑戦だ。

「百万プレイヤーの頂に立つってのは、こういうことだろう⁉」

タブレットで己の分身を操作しながら、九郎は勝鬨を上げた。

戦闘開始から三十分、漆黒の巨狼の生命力バーは既に八割方削れていた。

その間、〝クロウ〟の被弾は〇！

決して慢心ではなく、超廃人プレイヤーが持つ経験則から、九郎は勝利を確信していた。

「『リ・ク・レ・エン！　我が前方に無敵の城塞！』」

意味がとれない音節を含む暗記困難な呪文を、九郎は早口になっても噛むことなく唱える。

タブレット画面の中、〝クロウ〟の防御魔法が間に合い、漆黒の巨狼が口から吐いた強力な〈瘴気〉のブレスを、《インビンシブル・ウォール》でシャットアウト。

逆に《ブルーライトニング》を叩き込む。

ボスモンスターの生命力バーをさらに削る。

この調子であと十発――撃破までのカウントダウンが始まる。


そう。

〈カリオッソロ地下墳墓〉の最奥で眠るこのボスモンスターの討伐が、件の最難関クエストのクリア条件だった。

〈レベル一〇〇〉到達ももう目前だった。

これまでの日々が、走馬灯の如く九郎の脳裏をよぎっていく——

複数のトップクランや有志らにより、〈地下墳墓〉の構造は次々と丸裸にされていき、攻略掲示板で共有された。九郎も当然、協力した。

おかげで多くのトッププレイヤーが最深部に到達し、次々とボスへ挑んでいった。

そして、次々と散っていった。

まるで不死身めいた漆黒の巨狼がどうやら——加えてなぜか——魔法攻撃しか効かないようだと判明するまで、さほど時間はかからなかった。

あらゆるトップクランが絶望した。なぜなら彼らのメンバーには、レベル九十台の魔術師が在籍していないのだから。

新たに育成しようにも、呪文にまつわるハードルの高さに、誰もやりたがらなかった。

結果、

「ウチのクランに入らないか、〝クロウ〟！」

多くのトップクランが掌を返し、次々と九郎を勧誘してきた。

九郎の答えは決まっていた。

「知るか、おまえらで勝手にやってろください！　俺はソロで倒す！」

今さら誰が他人と組むものか。

九郎だって人の子だ、意地というものがある。

もちろんパーティーを組んだ方が、勝率が遥かに高まるのはわかっている。

だが九郎には、これまでありとあらゆる高難度クエストを、ソロクリアしてきた自負がある。

「『カーラーン、カーラーン、ス・アク・テンゼン、リィナースロアト――』」

一際長い呪文を、九郎は細心の注意を払って唱える。

今この瞬間、〝クロウ〟が漆黒の巨狼に挑んでいることを、多くのプレイヤーが知っている。

九郎が攻略掲示板で予告宣言しておいたからだ。

だから、きっと多くのトッププレイヤーたちが、〝クロウ〟の失敗を祈っている。

それでソロ攻略を諦め、自分たちのクランへ加入することを願っている。

〝クロウ〟一人が〈レベル一〇〇〉へ到達してなるものかと、嫉妬に悶えている。

(そこを勝つからよけいにカッケえってこーと!)

もし配信チャンネルを持っていたら、今だけ全世界へ向けて実況プレイしたいくらいだ。

「『――諸行無常、生生流転、其の理から逃れる術など森羅になし――』」

九郎の音声入力に反応し、〝クロウ〟が実に十三秒ものチャージを行う。

「『──星をも滅びよッ!!』」

そしてレベル九十九で習得した、《ノヴァフレア》を撃ち放つ。
球状の烈しい白光が漆黒の巨狼を呑み込み、諸共に大爆発する。
ボスモンスターが持っていた膨大な生命力バーの、残り一割がそれ一撃で消し飛んだ。

《QUEST　CLEAR!　CONGRATULATIONS!》

もう幾度となく見慣れた文字列が、画面いっぱいに表示される。
歓喜と興奮でタブレットを持つ手が汗ばみ、震える。
「これで俺も〈レベル一〇〇〉か!?」
だが──画面に映ったのは、廃人プレイヤーの九郎をして見慣れない画面だった。
まるで《ノヴァフレア》の閃光と爆発が、継続しているかのようにホワイトアウトした。
どころかタブレットの機能上、あり得ないほどの烈光がモニタから迸った。

そして、その眩い光の中に、九郎の意識は呑み込まれていった──

第一章　九郎、異世界に召喚さる

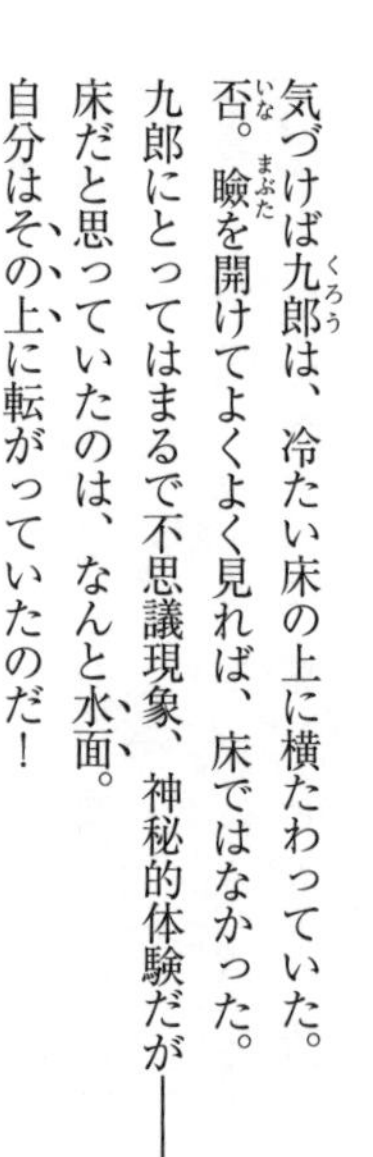

気づけば九郎は、冷たい床の上に横たわっていた。

否。瞼を開けてよくよく見れば、床ではなかった。

九郎にとってはまるで不思議現象、神秘的体験だが——

床だと思っていたのは、なんと水面。

自分はその上に転がっていたのだ！

「どどどゆことー!?」

驚きのあまり、慌てて上体を起こす九郎。

その動作で水面が揺れ、波紋が立つが、九郎の体は全く沈まないし濡れもしない。

いったい全体、どうなっているのか？

思わずまじまじと水面を観察し、そこに映る自分の姿を期せずして見つめる。

日本人としてごく平凡な顔立ち。まさに中の中。いや贔屓目で中の上！

身長は「まだ成長期だよね」「せめてあと一センチ伸びるよね」と信じてやまない、一六九。

親が身だしなみにだけはうるさいので、髪を染めたことは一度もない。

いつも洗面台の鏡で見ていた、いつもの容貌。

おかげで気分も、いつもの平常心を取り戻すことができた。

服だけ見慣れない洋服を着せられているのに気づいたし、周りを見る余裕もできた。

「どこだここ……？」

自宅の自室でゲームをやっていたはずの自分が、なぜか見知らぬ場所にいる。

西洋風っぽい広間だ。天井も高い。壁や内装は神殿を彷彿させる、浄らかな雰囲気。

九郎がいるのも祭壇（？）前に設えられた、人工の泉だった。

と――

「お目覚めになりましたか、クロウ様」

妙なる響きを持つ女性の声が、後方から聞こえてきた。

九郎は祭壇に背を向け、あわあわと振り返る。

泉の外に立っていたのは、金色巻毛の美女だった。

それも清澄な目つきや佇まいといい、ファンタジックで純白の衣服といい、もはや神々しさを感じるレベル。

ただ、九郎にとっては見覚えがある相手——と言うと少し語弊があるだろうか。

この美女は《アローディア》に登場するＮＰＣ(ノンプレイヤー・キャラクター)、しかも大人気のチュートリアルキャラクター〝メルティア〟にそっくりだった。

違いがあるのはポリゴンで表現されたゲーム内と違い、そこにいる彼女には確かな肌の質感と息遣(いきづか)いを感じることだ。

（コスプレ⁉　もしや運営が雇ったそっくりさん⁉　あるいはキャラのモデルだったり⁉）

そんなことを考えながら、九郎は立ち上がる。

水面の上に、おっかなびっくり。

幸い揺れも沈みもせず、まるで地面のようにしっかり立つことができた。

だが安堵(あんど)したのも束(つか)の間(ま)、また別の衝撃に襲われる。

自分も立ったことで、遅まきながら気づいたというか実感したのだが、メルティアの身長は見上げるほどに高かったのだ。

ぶっちゃけ二メートルを超えていたのだ。

（どこからこんなモデルさん連れてきたの⁉　そこまでゲームを再現してんの⁉）

と九郎はびっくりだ。

ゲーム内の設定で、メルティアは〈アロード神族〉と呼ばれる種族だった。

無限に近い寿命を持つ巨人族で、《アローディア》世界の神秘に通じている。

ただしメルティアはその中で最も年少且つ、小柄な神族だった。

公式設定では「年齢：五〇七歳」「身長：二〇九センチ」。


「あ、あのー……」

突っ立ったままなのもアレなので、九郎は彼女に声をかける。

ここはいったいどこなのか、自分はいったいどういう状況にあるのか、彼女は〝メルティア〟とどんな関係があるのか、訊きたいことは山ほどあった。

するとーー
「まずはお詫び申し上げます、クロウ様。同意も得ず、いきなり貴殿の魂をこの世界へと召喚してしまったこと、大変失礼いたしました」

と彼女の方から言い出して、深々と頭を下げるではないか。

「た、魂⁉　召喚⁉」

「はい。クロウ様の肉体は地球でゲームをプレイしているままの状態で、クロウ様の魂だけをこちらの世界へお招きいたしました」

「ももしかして俺ゲームの中に入っちゃいました⁉」

「それは違います。クロウ様をお招きしたこの世界は、私どもがアローディアと呼ぶ、クロウ様にとっては本物の異世界となります」

「ほえー」

「クロウ様がプレイなさっていたゲーム《アローディア》は、この世界を模して作られたものなのです。私が日本のゲーム会社に制作を依頼しました。チュートリアルキャラクターである〝メルティア〟も、恥ずかしながらこの私をモデルにしたものです」

「ほえー」

「さらに私がアロード神族の秘術を用い、ゲームに手を加えました。〈魔術師(スペルキャスター)〉を職業(クラス)に選択したプレイヤーが、最難関クエストをクリアした瞬間、その方の魂をこちらの世界へお招きする仕掛けを施したのです」

「ほえー」

「プレイの困難な〈魔術師(スペルキャスター)〉を敢(あ)えて選択し、なお〈レベル一〇〇〉に到達するお方を、私はずっと待ち望んでおりました。そして、クロウ様――貴殿こそがその栄(は)えある偉業を達した、唯一のお方というわけです」

「ほえー」

自らファンタジー世界の住人だと名乗る美女の口から、あまりファンタジックではない単語がつらつらと出てきて、九郎はカルチャーショックで「ほえー」としか言えなくなる。

だがメルティアの荒唐無稽な話を、疑う気持ちはわかなかった。

空間転移現象や立つことのできる水面、身長二メートル超の美女など、九郎の常識には存在しない数々が、強い説得力として作用していた。

さらに付け加えれば、九郎もゲーム内の〝メルティア〟の大ファンなので、最初から好感度がMAXなのだ。


そして腑に落ちたら落ちたで、また新たな疑問がわく。

「どうして俺なんかを召喚したんスか？」

ゲーム《アローディア》のプレイヤーとしては、一端の自負を持っている九郎だが――嫌な言い方をすれば――所詮は遊び事の中で百万人の頂点に立ったにすぎない。

異世界の神族に偉業と讃えられ、わざわざ召喚される謂れはないように思える。

「はい、クロウ様。話すと長くなるのですが、聞いていただけますか？」

「あ、聞くのはいいんだけど、俺もうすぐ夕飯で……」

母親が部屋まで呼びに来る可能性が高いし、見つかったらどうなってしまうのか。

「そのことでしたらご憂慮には及びません。このアローディアと地球では『時間』の在り方が断絶しているのです。仮にこちらで何年、何十年とお過ごしになろうとも、クロウ様が地球で最難関クエストをクリアしたまさにその瞬間まで戻って、送って差し上げることができます」

「あ、そうなんスね。じゃあ話を聞かせてください。ぜひ」

時間の心配も帰りの心配も無用とあれば、むしろこちらの方から聞かせて欲しい九郎。

ゲーム《アローディア》にドハマリした者として、好奇心が抑えられない。

「では立ち話もなんですので、こちらへ――」

「はーい」

メルティアに手招きされ、九郎は素直についていった。

†

てっきり応接室の類(たぐい)に通されると思っていた。

ところがまるで様子が違った。

泉の外には出入口へ真っ直(まっす)ぐ続く、純白の絨毯(じゅうたん)が敷かれている。

メルティアは躊躇(ちゅうちょ)なくそこに腰を下ろした。

そして彼女の股(また)の間に、九郎も座れというのだ。

つまりはメルティアの大きな体が座椅子(ざいす)代わり。

「え、えと……」

「どうぞご遠慮なく、クロウ様」

九郎は気恥ずかしさを覚えたが、メルティアに屈託(くったく)のない笑顔で言われては逆らい難(にく)い。

ゲームの〝メルティア〟と瓜二つの、しっとりとした微笑で待つ神族(めがみさま)。

ひどく典雅で、それでいて気さくさも混淆(こんこう)された、とびっきりに魅力的なスマイルだ。

九郎をはじめ多くのユーザーが虜(とりこ)にされ、ピク●ブは彼女のファンアートで溢(あふ)れたほど。

もう全力で甘えてしまう。

(なんか子供の時を思い出すなあ……)

幼稚園から小学校低学年時代、両親によくこうしてもらってゲームを遊んだ。

しかし今、メルティアに座椅子代わりになってもらうのは、あんな親子の戯れのような微笑(ほほえ)ましい行為とは大違いだった。

身長が二メートルを超える彼女のおっぱいは、比喩(ひゆ)抜きにスイカくらいのサイズがある。

寄りかかると、その二つのふくらみがちょうど九郎の後頭部に当たるのだ。

まさに天上のクッション！　得も言われぬ感触で、柔らかく受け止めてくれるのだ。

思春期の男子には強すぎる刺激に、思わず身を固くした九郎を、メルティアはあくまで屈託なく、柔らか〜い体全部を使うように「ぎゅっ」と抱き寄せる。

(多分、アロード神族にとっては、人間なんて子供みたいなもんなんだろうけど……)

超巨大バストに頭が埋もれるというエッチ――もとい貴重な体験をしたクロウは、真(ま)っ赤(か)

になりつつも感触を楽し――もとい平常心を保とうとする。

「さて、どこからお話しいたしましょうか」

メルティアが語り始め、努めて意識をそちらへ集中させる。

「クロウ様は当然ご存知かと思いますが……ゲーム《アローディア》には、魔王の存在が実装されておりません」

「で、ですです。そのうちバージョンアップで、メインシナリオとして追加されるんじゃないかって、みんな言ってるけど」

「残念ながらその予定はございません」

「マ⁉　普通あの手のMMORPGなら定番だと思うんスけおー……」

「理由があるのです。ゲームのモデルとなったこちらの世界でも、魔王が復活するのはあと百年か二百年先と予測されているからです」

「そんな先なん……」

九郎の感覚ではもはや他人事(ひとごと)であり、それは異世界アローディアの住人の大半にとっても同じだろう。長命種のアロード神族ならともかく、こちらの人間種族の寿命も地球人とほとんど変わらないという設定だったからだ。

ゲーム内のNPCたちがチラリとでも魔王について触れなかったことに、得心がいった。

「ですがいつかは復活しますし、この世界を蝕(むしば)まんとするあの者の魔手から、アローディア

を守る責務が我ら神族にはあるのです」

「やっぱ強いんスか？　魔王」

「最も厄介なのは、あの者は斃れるたびに耐性をつけ、次に復活を遂げた時にはもう同じ手段で討つことが敵わなくなるのです」

「なんかウイルスみたいな奴じゃんですね。魔王」

「ふふっ。言い得て妙ですね」

メルティアが初めて声に出して噴き出し、それが大人の女性とは思えないほど愛らしいもので、九郎は密かにドギマギした。

ゲームの〝メルティア〟にはボイスが付いておらず、彼女の誠実な人柄や偉ぶらない人徳等はテキスト台詞からこれでもかと伝わっていたが、しかし「生」の破壊力はやはり違う。

ますますファンになってしまいそうだった。

彼女の声や話をずっと聞いていたかった。

そんな祈りが通じたかどうか、メルティアが真面目な話を再開する。

「私どもアロード神族は命を懸け、持てる秘術を駆使し、数百年周期で復活を繰り返す魔王を幾度となく討ってきました。ですがために魔王を討つ術は、遠の昔に尽きてしまいました」

「耐性付きまくっちゃったんスね、魔王。でもだったら、その後はどうやって？」

「人間種族に討伐をお願いする他ありませんでした。特に彼らの文明で発展した魔法は強力で、且つ多種多様に存在するため、復活を繰り返す魔王を討つのに適していました」

「なるほど！」

九郎は思わず相槌（あいづち）を打った。

しかしメルティアの声のトーンは重く、

「ですが、それでも最後は同じ結果になりました。人間種族（こどもたち）の魔法もまた魔王を五たび討つ間に、尽きてしまったのです」

「あー……」

考えてみれば納得の話に、九郎はまるで当事者のように落胆した。

ゲーム《アローディア》のモデルになったというこの世界に、早や感情移入していた。

一方で、こうも思った。

「新しい魔法が編み出されたりしないんスか？　それならまた魔王に通用するんじゃ？」

例えばゲーム《アローディア》だってサービス開始から三年の間に、幾度とないバージョンアップを経て、そのたびに新魔法が追加実装された。

ほとんどのユーザーにとっては「敵が使う魔法の種類が増える」厄介事でしかなかったが、〈魔術師（スペルキャスター）〉たる九郎は瞳（ひとみ）を輝かせて新しい呪文（じゅもん）を暗記した。

ではモデルとなった、この異世界アローディアではどうなのか？

やはりゲームとは勝手が違うのか？

果たして――

「そうです！　クロウ様の仰る通りです！」

メルティアは感嘆したように九郎を、「ぎゅ～っ」と抱き締めてきた。

おかげで後頭部を包む乳圧がとんでもないことになって、心臓に悪かった。

ゲーム内の〝メルティア〟も神々しい雰囲気を有していながら、時にグイグイ来る距離感の近さがギャップ萌えとなって多くのプレイヤーを魅了したが、これまた「生」の破壊力はケタ違いだった。

九郎はまた赤面しながら、

「じゃあ魔王が復活するまでの数百年の間に、新しい魔法を創ればいいんスね？」

「ただし簡単なことではありません。特に魔王を斃すことができるほど強力な、謂わば〈究極魔法〉を新たに創造するのは、至難のことです。実際に前回の魔王を討った《ノヴァフレイム》が完成したのも、本当の本当に復活前ギリギリでした」

「《ノヴァフレイム》！　あれで魔王を！」

九郎にとっては身近な単語が出てきて、思わず手に汗握る。

ゲーム《アローディア》ではレベル九十九でようやく習得可能な、現最強魔法だ。最難関クエストに際し、漆黒の巨狼にとどめを刺した魔法でもある。

凄まじい納得感があったが——哀しいかな——次に復活する魔王にはもう通用しないわけか。

「じゃあ次の魔王を斃すための、新しい究極魔法の目途は？」

当然の質問を九郎はした。

すると、当然には程遠い答えが返ってきた。

「その究極魔法を、クロウ様に創造していただきたいのです」

力説されて、九郎はもうびっくりだ。

「はっ⁉　えっ⁉」

と目を白黒させて聞き返す。

落ち着かせるためか、メルティアは嚙んで含めるように諭す。

「強力な〈魔法〉を使うためには、それに見合う〈魔力〉の持ち主でなければいけませんね？」

「あ、はい。ゲームでもそうッした」

「そして地球に住む日本人という方々は総じて、この世界でいう魔力を潤沢にお持ちなのです」

「なんとそんな偶然が」

「クロウ様からすれば、そうでしょうね。ですが私からすれば、数多に存在する異世界の中から、ようやく見つけ出した『必然』なのです」

さらには、とメルティアは付け加える。

「ここまでお話しすれば、もうお気づきなのではありませんか？　私が日本の会社に、この世界そっくりなゲームの制作と運営を依頼したのは、生まれながらに強大な魔力を持つ日本人の皆様の中から、さらに魔術師としての優れた適性を持つお方を探し出すためです」

言ってメルティアは九郎の頭に頬ずりしてくる。

九郎はされるがままになりながら、おずおずと問いかける。

「だからゲームなのに魔法を使う時だけ、わざわざ呪文を唱える必要があったんス……？」

「そうです。この世界でも同様にして魔法を行使します」

「レベルを上げるのが大変な仕様も？　九十台になった途端、異様にシビアなバランスも？」

「そうです。魔術師としてのトレーニングを疑似的に積んでいただき、さらに抜きんでて優秀であることを証明していただくためです」

「〈レベル一〇〇〉到達クエストのボスが、魔法しか効かないのも？」

「そうです。皆様にこぞって、魔術の腕前を磨いていただきたかったからです」

世界を救っていただく身で誠に僭越な話ですが——と。

メルティアは折り目正しく謝罪した。

しかし九郎は正しく理解した。

つまりは《アローディア》というゲームはそれ自体が——

異世界の神族が用意した、謂(い)わば壮大なる試練だったのだ。

「そしてクロウ様は——クロウ様だけが、最難関クエストをクリアなさいました。

この世界(アローディア)広しといえども、貴殿に勝る魔術師は存在しません。

クロウ様がここにいらっしゃることもまた『必然』なのです」

メルティアの言葉の一つ一つが、九郎の胸に沁(し)み入る。

胸の高鳴りが徐々に抑えきれなくなる。


思えばゲームの中では、心無い言葉を浴びせ続けられてきた。

——いつまで魔法にこだわってんの？

——その無駄な熱意を他に回したら、トップクランでも引っ張りダコだろうにねギャハハハ！

——いいからオレのオススメの〈侍〉で作り直せよ。楽しいぞ？

時に心底からの嫌味で。時に全(まった)き善意で。

誰にも、一度も、理解されなかった。

だけどメルティアは、こう言ってくれたのだ。

ゲームでは不遇職とバカにされた、〈魔術師(スペルキャスター)〉を極めた九郎こそが——

この異世界においては、最高の魔術師適性の持ち主であり、すなわち――

「――あなた様こそが、私が長年求め続けた正真の英雄なのです」

と。

†

メルティアを含む多くのアロード神族は、〈ハイラディア大神殿〉に住んでいる。

巨人族の棲(す)み処(か)に相応(ふさわ)しい超巨大建造物で、宮殿の如(ごと)く荘厳華麗。

しかも彼らの神秘的な建築術で、峻厳(しゅんげん)なる岩山の高峰に建てられている。

メルティアが召喚の儀を執り行ったのも、〈大神殿〉内の祭壇だった。

そして今、九郎は彼女の案内で、ゲーム同様たくさんある尖塔(せんとう)の一つに登っていた。

遥(はる)か眼下には、人口三十万を数える〈王都ヴェロキア〉の街並みが見える。

〈大神殿〉の門前町でもあり、アロード神族を崇(あが)める人類の都だ。

神族から彼らの統治を任された（すなわち王権を神授された）王族や貴族らもいるはず。

〈ハイラディア大神殿〉にせよ〈王都ヴェロキア〉にせよ、ゲームに登場したので九郎にとっても馴染み深い。

「あの城のシルエットはゲームそっくり！　あ！　こっちの橋はゲームでもあった！」

と都を眺めてはしゃぎまくり。

ただやっぱりゲームでは容量とプレイアビリティの都合上、実物と比べてだいぶ規模が省略されていたようで、本物の持つ雄大さには感動させられた。絶景だと思った。


だが九郎が尖塔に上ったのは、この景色を見るためではない。

「じゃあ始めまッス」

一頻り堪能した後、メルティアに振り返る。

「ではクロウ様、これをどうぞ」

メルティアが丁重に差し出してくる。

銀色の指輪だ。宝石も付いてなければ飾り気もない。

「クロウ様のために誂えた〈魔法媒体〉です。まずはこの指輪を意識してみてください」

「ウッス」

九郎は指輪を受け取ると、どこにはめるか悩んだ末に右手の人差し指へ。

言われた通りに、指輪の存在に強く意識を向ける。

するとどうだ？　ヘソの下辺りが急に熱くなってくるではないか。

「それが魔力を練るという感覚です」

「あ、これが」

放っておくと際限なく熱くなって恐くなったが、別段人体に影響はないと言われて一安心。

魔力を練り、充分に高まったところで、いよいよ次の手順に移る。

「起こす現象を、具体的にイメージしてください」

「うッス」

「できましたら最後は――」

「もうわかるッス」

メルティアに皆まで言わせず、九郎は最後の手順を踏んだ。


『――そは劈く(つんざ)もの！　ヴァナメイヤ！　神鳴る矢にして青く閃く(ひらめ)天の裁き！』


はっきりと声に発して叫ぶ。

ゲーム《アローディア》で、数えきれないほど唱えてきた〈呪文(スペル)〉だ。

それを異世界アローディアでも〈詠唱(キャスト)〉したのだ。

照れなどない。むしろこのスタイルこそカッケえ！

指輪をはめた拳(こぶし)を、天へと突き出すように上空へ向ける九郎。

出番を待ちわび、ヘソの下で暴れ躍っていた魔力が、堰を切ったように溢れ出す。

その熱い感覚が脊髄に沿って丹田から上体へと駆け昇るとともに、肚の底から突き上げるような昂揚を煽る。

そして、全魔力が怒涛の如く〈魔法媒体〉へと流れ込み――


構えた指輪から、稲妻と化して迸った。


この青い空よりもさらに蒼い、自然ならざる雷光が、地上から天上を烈しく衝く。

九郎はワナワナと震えた。

「これが本物の《ブルーライトニング》……」

レベル九十三で習得して以来、散々使い倒した魔法なのに、まるで感触が違った。

雷鳴の爆音が鼓膜を叩いた。

大気を揺るがすほどの衝撃が伝わった。

そう、「ゲーム」では味わえない、凄まじい臨場感があった。

自分が「リアル」に魔法を使ったのだという手応えがあった。

もう大興奮だ。震えずにいられるものか！

メルティアもまた少し上ずった声で言う。

「あの蒼き輝き、本当に久方ぶり……。《ブルーライトニング》といえば〈ヴェロキア〉でも、わずかに筆頭宮廷魔術師のご先代が会得できたという極大魔法です。しかもクロウ様は特別な〈霊薬（エリクサ）〉の補助もなしに易々（やすやす）と……」

隣に立ち、九郎を選んだのは間違いではなかったとばかりの口ぶりで、見つめてくる。

九郎もメルティアを見つめ返して言う。


「俺、究極魔法を創ってみせるよ」


もちろん簡単なことではないだろう。

そもそもゲームでは魔法を創るなんてシステムはなかったし、どうやればいいのかも不明。

十四歳（ガキ）の短慮と言われればそれまで。

だけど九郎には、どんな困難も楽しみながらやり遂げる自信がある。

呪文を詠唱し、魔法を駆使するという行為に、これほどまでに魅入られた自分だから！

今の《ブルーライトニング》が、その宣誓と祝砲代わりだった。

九郎が本物の魔術師となった産声（うぶごえ）だった。

第二章 九郎、マイホームをゲットする

では実際問題、どうやって新たに魔法を編み出すのか？

「この世界（アローディア）にも森羅万象（しんらばんしょう）の理（ことわり）というものが存在します。その一つ一つを知り、解き明かすことが、魔法創造につながることでしょう。ぜひこの世界の隅々まで探索なさってください」

最初にメルティアはそう説明してくれた。

今度こそ応接間に通され、テーブルを挟んで向かい合ってのことだ。

人族と神族では体格が違いすぎるが、勧められたソファはちゃんと人間サイズのものだった。

またメルティアから見たらローテーブルだろうそれも、九郎（くろう）にとっては通常のテーブル感覚でちょうどいい。

実はゲーム中でもチュートリアルキャラ〝メルティア〟と、普段会えるのがこの部屋で――CGと本物の違いがあるとはいえ――同じ調度と内装の部屋に今、自分がいることが九郎には奇妙な感じに思えた。

初めてきた場所なのに、懐（なつ）かしさと愛着を覚えるというか。

それを噛(か)みしめつつ話を戻す。

「じゃあゲームの《アローディア》は、この世界を探索して回るためのチュートリアルでもあったんスねー」

「そう、そうなのです！　さすがご理解が早くてうれしく思います」

苦労してゲーム制作を依頼した甲斐(かい)があったと、メルティアはすっかり感激した様子。

九郎からしても、ゲームのおかげでこの世界の地理や風土は（実装されている範囲でだが）知悉(ちしつ)している。

あちこちを冒険するにも、戸惑いは少ないだろう。

「ですが実際の旅や探索には、ゲームにはない面倒事がつきまとうものです」

「それは確かに……」

例えばゲームなら方向キーを操作するだけで、プレイヤーキャラクターが歩いたり走ったりしてくれるが、現実には自分の足を使わないといけない。疲れそう。

「そこでクロウ様の労苦を軽減させるために、三つの〈秘宝(アーティファクト)〉をご用意いたしました」

「最初からそんなにもらえるの⁉」

「私どもの都合で勝手に呼びつけた上に、アローディアを救うために多大なご協力をしていただくわけですから、せめてそれくらいはさせてください」

「やったぜ！」

ゲームではスタート時に、最弱の初期装備が渡されるだけだったのに。

この点で大違いなのは助かる。

「それで、それでっ？　どんなアーティファクトをっ？」

「実は一つ目は既にお渡ししています。クロウ様のそのお体は本来の肉体ではなく、私どもがご用意したアーティファクトの義体なのです」

「ファッ⁉」

九郎は思わず自分の顔や体をべたべたと触れるが、あまりに違和感がなさすぎて、「違う体に入れ替わってます」と言われてもピンとこなかった。

さっき水面に映った顔も自分そっくりだったし。

しかし、メルティアはたびたび言っていたではないか。

「魂だけをこの世界に召喚した」と。

「本当の肉体は地球でゲームをプレイしたまま」だと。

なのに九郎が今もこうして自分の存在を実感できるのは、義体という器の中に意識が入っていたからというわけだ。

気づき、九郎は愕然(がくぜん)となってうなだれた。

「義体(つくりもの)なら**もっとイケメンに**して欲しかった……」

「何を仰(おっしゃ)いますか。クロウ様のお顔は大変に味があって、私は好ましく思いますよ」

「それ褒(ほ)めてます⁉」

九郎は自分の容姿が、どこまでもフツメンの域を出ていないことをよく知っていた。

外見のことでいじられたことも、褒められたことも一度もない。

対してメルティアは神々(こうごう)しいほどの美貌(びぼう)の持ち主なのだから、好ましいと言われてもにわかに信じられない。

「決してお世辞ではございません。神族(わたしども)は皆、顔の造作が整いすぎて、誰もが同じと申しますか個性が乏しいのです。比べますと、人間種族(こどもたち)の顔はバラエティ豊かで羨(うらや)ましく思いますし、見ていて飽きません。クロウ様もそうです」

「なるほど、種族的価値観の違いッスね……」

メルティアが九郎の顔を好んでくれているのは事実らしい。

でもやっぱ褒めてないじゃんと、釈然としなかった……。

そしてどうせならイケメンの方がよかった……。

「お言葉ですが、クロウ様。その義体の価値は、ただの容れ物代わりではございませんよ」

「てーと？」

「その義体はクロウ様の持つ強大な魔力をエネルギー源に、超人的な身体能力や生命力、また不老長寿をもたらします。〈怪我(けが)〉や〈病気〉も常人ではあり得ないほど早く回復しますし、〈毒〉などにも強い耐性があります」

「便利すぎる……」

九郎はありがたく思うと同時に、一つの疑問を覚える。

「で、でも、もし〈死亡〉した時はどうなるんスか……？」

聞くのも恐いけれど、聞かないのはもっと恐いので質問する。

「義体が破壊され、クロウ様の魂は自動的に地球(もと)に戻ります」

「それだけで済むの⁉」

「ですが神族(わたしども)といえど、これほどのアーティファクトを作り直すのには数百年はかかります。次の魔王復活までにクロウ様の再召喚は間に合いません」

これぞまさしく〈ゲームオーバー〉。

九郎が最も嫌いな言葉の一つだ。

「私としては、どうかそのようなことがないようにとお祈りするばかりです」

「う、うん。わかった。絶対死なないように気をつけるッス」

ゲームでもレベル九十台以降のデスペナルティが嫌で、とにかく死なない立ち回りを頭と体に叩(たた)き込んだ九郎だ。

その経験が生きるはずだし、なるほど《アローディア》というゲームはこの世界のチュートリアルとして、本当によく設計されている。

もしあの重いデスペナルティがなかったら、「遊びだしまあいっか！」と気軽に凡ミス死を繰り返したり、平気でゾンビアタックとかしていただろう。


メルティアが話を続ける。

「二つ目のアーティファクトも、既にお渡ししております」

「この指輪ッスね？」

魔力を練り、魔法を使うための〈媒体〉として、先ほど渡された銀の指輪を九郎は撫でる。

「〈魔法媒体〉自体はこの世界ではありふれたもので、その指輪の効力としては副次的なものでしかありません。その指輪の真の効力は、言語を通訳・翻訳することです」

「これも便利すぎる……」

九郎は改めて指輪を、まじまじと見つめた。

またメルティアが差し出した一枚の紙にも目を通し、そこに書かれた象形文字めいた未知の言語が、「オーケイ、ベイベー。気分はどうだい？」と読み取れることを確認した。

メルティアさん、意外とヤンチャな神族なのかもしれない。

しかしゲーム内ではひたすら真面目なお方だったので、「もしかしたらメルティアさんにも見栄があって、だからゲームでは猫を被(かぶ)っていたというか、『清楚(せいそ)担当』みたいなキャラ造形で制作を依頼したのでは？」と想像すると――ちょっと可愛(かわい)い。

「あ、でも待って……。この指輪をもらう前から、俺(おれ)たち会話できたッスよね？」

「それはアロード神族が、あらゆる生物と意思疎通できる能力を持っているからです」

「あー。そういう」

さすが神族は伊達(だて)ではない。

「ですがクロウ様の指輪は、あくまで言語しか解することができません。犬や猫、果ては知性のない魔物と意思疎通できるわけではありませんので、ご注意ください」

「了解ッス！」

それでも充分に便利すぎると、九郎はほくほく顔になった。

そして三つ目のアーティファクトを、メルティアはテーブルの上に差し出した。

大粒の青い宝石がついた、ペンダントである。

「これは？」

「ゲーム風に例えれば、〈アイテムボックス〉でしょうか」

「ペンダントなのにボックスとはいったい……」

「そこはクロウ様が携帯しやすいようにと、このような形にデザインしました」

「ぐうの音も出ない正論！」

「この宝石を握って念じることで、生物以外ならなんでも、およそ部屋一つ分ほど、亜空間に収納することができます。取り出すのも同様です」

「全部便利すぎる……」

九郎はありがたく受け取り、早速身に着けた。

またメルティアに促され、部屋にあった巨大な本棚一つ丸ごとを、試しに出し入れしてみた。

「ありがとう、メルティアさん！　これ三つともメッチャ冒険が捗るやつだ」

「どういたしまして、クロウ様。ですが、最後に注意点がございます。義体同様、〈言語理解の指輪〉も〈収納のペンダント〉も、制作に数百年はかかってしまうアーティファクトです。もしなくしたらスペアはございませんのでお気をつけを」

「了解ッス。絶対に大切にするよ！」

九郎が全力で請け合うと、メルティアも笑顔でうなずいた。


これにて彼女の導入解説は終わり。

ゲームに続いてリアルでも、懇切丁寧に教えてくれた。

しかも「生」の声付き、くるくる変わる表情付き。

（推しのラノベがアニメ化した時も感動したけど）

ゲームの推しキャラが目の前にいて、話しかけてくれる——アニメ化とは比べものにならない感動が九郎の胸を揺さぶったのだった。

†

現金なもので、大事な話が終わると空腹を覚えてきた。

「義体でもお腹が空くんスねー」

「生理現象まで取り払ってしまうと、クロウ様の魂が歪んでしまうというか、深刻な悪影響が出てしまいかねませんから」

「そりゃ勘弁スわ……」

九郎は首を竦めて納得した。

「加えて、いくらお腹が空かない方が便利といえども、食事は楽しいものでしょう?」

「それも確かに!」

「というわけで、昼食にいたしましょうか」

「あざーッス!」

九郎は喜んでご馳走になることにした。

あとゲームでは表現されていなかったが、神族もちゃんと食事を摂るのだと知った。

待つことしばし、軽食が運ばれてくる。

ノックとともに現れたのは——なんと銀髪のメイドさんだ。

それもメッッッチャクチャ美少女。

（ほ、本物のメイドさんキタアアアアアアアアアアアアアアアア⁉）

九郎は興奮のあまりソファから腰を浮かす。

メイドさんが嫌いな男オタクなどいない（断言）。

つまり男オタクは全員、メイドさんが好きということだ（特殊構文）。

九郎とてその例に漏れない。

もう両目をガン開きにして銀髪メイドさんに見惚れる。

表情といい、配膳ワゴンを押す佇まいといい、まさに凛としたクールビューティーだった。

あとおっぱいがおっきい。

神族ではなく、〈大神殿〉で働く人族だろう。

年齢は九郎より少し上か。日本でいうところの高校生くらいに見える。

食事をセッティングする手際もマシーンの如くテキパキとしていて、非常にＣＯＯＬ。

だけど、

「お待たせいたしました。ご用意が整いました」

と断る声のトーンは、意外と柔らかかった。

ていうか九郎の推し声優さんと似ていて、ゾクッとした。耳が幸せになった。

あとおっぱいが大きい。

まさに九郎の好みのドストライクゾーン！

「この子はセイラと申します。ぜひお見知りおきを」

「はじめまして、クロウ様。日本から遥々、ようこそお越し――」

「は、はじめましてっっっ」

折り目正しく腰を折った銀髪メイドさんに、九郎は夢中で食い気味に挨拶を返す。

このセイラという美少女は、ゲーム内では見かけなかった――そもそも〈大神殿〉にメイドさんは一人もいなかった――のだが、もし登場していたら、きっとプレイヤー間で大人気を博していたに違いない。トゥイッターは「#セイラ」のハッシュタグで溢れたに違いない。

「ではいただきましょう、クロウ様」

「あ、ハイ。いただきます」

メルティアに笑顔で言われ、クロウも我に返る。

いや、半ば返ってきたというべきか。まだ銀髪メイドさんに見惚れながら、まるで上の空で皿へ手を伸ばす。

この世界の料理が地球とほとんど変わらないことは、ゲームで知っていた。

今もテーブルに並んでいるのは、パンで焼いた鶏肉を挟んだサンドイッチのようなものや、真っ青なトマトとでもいうべき未知の野菜が覗く以外はごく普通のサラダ、カップで用意されたジャガイモのポタージュめいたもの等々。

お茶も黒茶と紅茶と紫茶の三種が用意されていた。

また昼食だからか軽めだし、気楽に手づかみ、もしくはスプーンで食べることができるように配慮されている。マナーに自信のない九郎でも助かる。


と――それらのことが全て上の空。

（あああ、異世界スゲエ……。本物のメイドさんがいて、しかも給仕してもらえるなんて、まるで夢のようだ……）

コーヒーがなくなると即お代わりを注いでくれるし、皿が空くとすぐに下げてくれる。そのお代わりも勧めてくれる。

しかも一連のサーブに押しつけがましさというものがまるでなくて、九郎の食事のペースに呼吸を合わせ、ごくごく自然に食事を楽しませてくれる。

これがプロのメイドさんの業！

（いいな、いいなぁ。メルティアさんいいなぁ）

このセイラに傅かれて暮らしていると思うと、心の底から羨ましい。

日本にも探せばどこかに本物のメイドさんがいるのだろうが、庶民の九郎には縁のない存在でしかなかった。

コンセプトカフェならコスプレしたメイドさんと会えるのだろうが、これも九郎は地方住みなので近隣にその手のお店がなかった。

そんなフィクションの世界でしかお目にかかることのできなかったメイドさん（しかも超絶美少女）が、リアルに目の前にいるのだ。これを眼福と言わずとしてなんと言おう？

そんな風にポーッと見つめていると、セイラと目が合って、

「お味は如何ですか？　クロウ様のお口に合いますでしょうか？」

「美味しいですとってもっ」

いきなり訊ねられ、咄嗟に返事をする九郎。

まさか「ずっとあなたに見惚れて、味なんかしてません」とは言えない。

「具体的にどれがお好みでしょうか？」

「ぐ、具体的に⁉」

さらに深く質問されて、返答に窮する九郎。

対してセイラは生真面目な口調で説明する。

「はい、少しでも早くクロウ様のお好みを把握いたしたいのです。大変に不躾ながらこうして

メモにとっておこうかと」

そう言って彼女はメモ帳と鉛筆のようなものを、懐から取り出してみせる。

携帯可能な書き道具に、製本された白紙――どちらもひどく近代的な発明だが、この異世界では既に普及しているらしい。

そういえばゲーム中でも、「どこそこに手紙を届けて欲しい」という類のお使いクエストが、身分の上下を問わず依頼者からしばしば発生したか。


しかし、九郎の驚きポイントはそこではなくて、

「いちいちメモにとるんスか⁉」

「本来は全て記憶に留めておくべきですが、万が一にも粗相がないようにと。重ね重ね、不躾で申し訳ございません」

「私からも謝罪いたします、クロウ様。この子はちょっと真面目がすぎるところがありまして」

「いや、別に気分を害してるわけじゃなくて！　俺一人のためにそこまでしてくれるのかってびっくりしただけで」

「当然そこまでいたします。クロウ様はこのアローディアを救うご使命を、快くも請け負ってくださったお方なのですから。〈究極魔法〉の創造にまつわるご苦労以外は、せめてお寛ぎい

ただきたいという一心です」

セイラも事情は承知らしく、しかつめらしくそう答えた。

さらにはメルティアまで言い出した。

「クロウ様にも衣食住は必要ですし、それらももちろんこちらでご用意いたします」

「あ、マジすか？　正直助かります」

「家はこの日のために準備した新築ですので、クロウ様もきっとお気に召しますよ」

「マイホームまでもらえるんすか⁉」

てっきりこの神殿内に部屋を宛がわれるなり、好条件の宿屋を紹介されるなりすると思っていたのに。

なんと贅沢（ぜいたく）なサプライズか！

しかも彼女の配慮はこれに留まらなかった。

「身の回りのお世話をする者も、お付けしたいと思っております。独り暮らしでは何かと不便や手間もございますし、そのような些末事（さまつごと）でクロウ様を煩（わずら）わせるのは、アローディアにとっても損失といえましょう」

そう言ってセイラの方に目をやり、うなずき合うメルティア。

「えっ、それってもしかして⁉」

九郎の心臓が期待でドキドキと高鳴り始める。

（まさかこのセイラさんがお世話をしてくれるとか⁉）

憧れの「メイドさんのいる生活」が実現してしまうのだろうかと、アドレナリンが沸騰する。

（えっっっ⁉　マジでこんな綺麗な人が俺のお世話を？？？？？　エッッッッッ）

自分で自分の想像に、興奮が抑えきれない。

果たして、九郎の期待は外れていなかった。

「よろしくお願いいたします、ご主人様――」

そう言って銀髪メイドさんは、折り目正しく腰を折った。

「――改めまして、セイラと申します。今日からご主人様のお世話をさせていただきます」

「こちらこそ全力でお世話になりましゅうううううう」

九郎は念願叶った歓喜のあまり、ジャンピング土下座でよろしくお願い奉りそうになった。

しかしその意気込みは彼女に伝わったのか、セイラは恐縮の体になって、

「ありがとうございます、ご主人様。メイドは本職ではございませんが、精一杯お仕えさせていただきます」

「えっ、本職じゃなかったの⁉」

九郎は目を丸くした。

内心さんざん「本物」だの「プロ」だの感心した手前、どうにもばつが悪い。

一方、メルティアがセイラに口添えして、

「この子は幼少の折から〈大神殿〉に仕え、神族（わたしども）の身の回りの世話をしてくれる神官なのです。

また、ですので仕事ぶりとしては本職の侍女と遜色のない働きをしてくれるかと」

「未熟ながら治癒の〈奇跡〉の心得もございます。もしご怪我をなされた時は、すぐに仰って
くださいませ」

「な、なるほどっ」

ゲームでは傷病を癒（いや）す類の魔法は存在せず、九郎も覚えがないので頼りになる話だ。

またセイラの給仕ぶりが非常にプロフェッショナルなのも、得心がいった。

それはよいのだが、

「じゃあナンデこの格好⁉」

セイラはひどくメイド服が似合うというか、板についていたので気にも留めなかったけれど、
神官なら神官らしい服装があるはずで、なぜわざわざ着替えているのか。

屈託（くったく）のない笑顔で答えたのはメルティアだ。

「日本のオタクの殿方は、メイド服がお好きなのでしょう？」

（異世界の神族に嗜好（しこう）を把握されてるだと⁉）

九郎は戦慄（せんりつ）のあまり総毛立った。

メルティアは「アロード神族はあらゆる生物と意思疎通できる」と言っていたが、その真価
というか、凄（すさ）まじさを思い知った。

（そりゃゲーム制作の依頼くらい、朝飯前だよなあ）

この〈大神殿〉の壮麗さを見れば、金銭面では余裕だろうし。異世界召喚ができるのだから、異世界送金だってできそうだし。それこそ貨幣は違っても、宝石や貴金属がある。

一方、セイラは九郎へお伺いを立てるように、

「ご主人様のお気に召さないようでしたら、神官服に着替えて参りますが？」

「メイド服がイイですお願いします！！！！」

九郎は再び全力でお願い奉った。

するとである。

「そう仰ると思っておりました――」

と、相槌（あいづち）を打った銀髪メイドさんが突如――

「ご主人様ったらずっとこの格好を**舐（な）め回すように**ご覧になっていらっしゃいましたから」

などと言って、クスッと笑うではないか。

クールで堅物（かたぶつ）そうな顔つきからは一転。

初めて見るセイラの笑顔は、ドキッとするほど妖艶（ようえん）だった。

（バ、バレてるうううううううぅ⁉）

「女は殿方の視線に敏感なのですよ？　私は視姦されるくらい平気ですし、ご主人様が数寄者（すきしゃ）なのにも理解がございますが、よそではご注意くださいませねクスクス」

（男の純情、弄ばれてるうううううううううううぅ⁉）

九郎は内心絶叫しつつ、顔を引きつらせるしかない。

一方でセイラは、慌てたメルティアに「おやめなさいっ」と窘められても平気な顔で、

「冗談です」

と一応は弁明を口にしつつ、まだクスクスと忍び笑いをしている。

九郎もからかわれたのだとようやく悟り、唖然茫然。

メルティアも頭痛を堪えるように額に手を当てて、

「この子は仕事ぶりに関しては本当に真面目すぎるくらいなのですが、性格に関してはちょっと人を食ったところがある困ったちゃんでして……」

「困ったちゃんて」

今までのクールでプロフェッショナルなメイドさんぶりとの凄まじいギャップに、すっかり面食らってしまう九郎。

セイラは全く悪びれることなく、

「異世界から救世の英雄がいらっしゃると聞いて、どんなお方かと身構えておりましたが――正直、ご主人様のような可愛い男の子は大歓迎です。打てば響くような、からかい甲斐のある方は大好物です」

「それ褒めてんの⁉」

「一つ屋根の下で楽しい毎日を送りましょうね、ご主人様クスクス」

「微妙に素直に喜べない言い方ァ！」

九郎は頭を抱え、もう声に出して絶叫した。


ともあれ——

九郎は異世界に来て初日にして、マイホームと「メイドさんのいる生活」をゲットした。

ただし意外にイイ性格をしているセイラに翻弄（ほんろう）されまくりそうで、やや先行きに不安が残る……と言ったら贅沢だろうか？

†

城下にあるというマイホームへ、早速セイラとともに向かうことになった。

〈転移装置（テレポーター）〉が要所要所に設置されているのは、ゲームでもこの世界でも同じ。

おかげで九郎は徒歩で下山する労なく、麓の門前町に到着した。

そこからはセイラの案内で、二人で王都（ヴェロキア）のストリートを歩く。

「メッチャにぎやかッスね！」

「そうですね。〈ヴェロキア〉は神聖王国圏でも最大の都市ですから、当然かもしれません」

「や、知識としては俺も知ってたんスけど、実物は大違いっスわ」

セイラの言葉にうなずきながら、九郎はあちこちを見回す。


道行く人々の多さも、通りに面した店々や積み上げられた品々も、何もかも物珍しい。

〈ヴェロキア〉なんてゲームでは数えきれないほど訪れたが、ただ歩くだけでこんなに楽しいと思った経験は、九郎にはなかった。

やはり容量の問題なのだろう、簡素化されていてこんなに猥雑(わいざつ)ではなかった。


「買い物でも楽しまれますか？　軍資金はメルティア様からたっぷりと預かっておりますが」

「や、今は先に家を見たいッス」

「承知いたしました、ご主人様」

これがたおやかさというものか、セイラがクールだが決して硬くはない声と態度で了解する。

その辺はなんと魅力的なお姉さんだろうかと再確認する一方、九郎は据わりの悪さも覚えた。

歩きながら、おずおずと言い出す。

「あー……セイラさん……？　その……『ご主人様』呼びは勘弁してもらっていいッスか？」

「お気に召しませんか？」

「うん、ぶっちゃけ……」

十四歳のうちからこんな美人のメイドさんに「ご主人様」呼びされ続けたら、性癖が歪んでしまいそうで恐かった。

などという本音は漏らせないから言い淀んでいると、

「畏まりました、クロウ様。ですが私からも、僭越ながら要望がございます」

「な、なんでしょうかセイラさん……？」

「その『さん』付けはやめて、呼び捨てになさってくださいませ。私はクロウ様の使用人です」

「無理ッス！　ムリムリムリムリ！」

「それはなぜでしょうか？」

「だって多分だけどセイラさんの方が年上でしょ？」

「なるほど私がババアだと」

「そこまで言ってないよ⁉」

「冗談です」

セイラがクスリとした。

クールな人なのは間違いないが、同時にお茶目でもある。

メルティアが神々しいけど、ヤンチャなところもあるのに似ている。

セイラがしかつめらしい顔つきに戻って、

「失礼ですが、クロウ様はおいくつでいらっしゃいますか？」

「十四になったばかりッス」

「誕生日という概念は日本にございますでしょうか？」

「九月九日ッス」

「こちらの世界ではまだ半年後ですね」

　セイラが九郎の誕生日をしっかりメモしつつ、

「私がもうすぐ十七歳になりますので、たったの三つ違いです。ほとんど同い年のようなものではございませんか？」

「その感覚、無理ィ……」

　九郎は弱り顔になって訴える。


　日本人の感覚的には、中学二年生(じゅうよんさい)が高校二年生(じゅうななさい)を呼び捨てにするのは、だいぶ抵抗がある。

　だが一方で、こうも思う。

　二十五歳の大人が二十八歳の大人と「ほとんど同い年扱い」だったとして、それは日本人の感覚でも普通かもしれない。

　そしてアローディア世界では、成人という概念が――貴族や騎士でもなければ――ないことを思い出す。

　だからセイラが「ほとんど同い年」と言っているのは、方便ではなく本心なのだろう。

彼女が一人の大人として、九郎のことも一人の大人として扱い、それでたったの三歳差なら長幼の礼は必要ないのではないかと、それがこちらの常識感覚（コモンセンス）なのだろう。


「でも呼び捨てだけは無理なので勘弁してくださいサーセン！」

「承知いたしました。ではクロウ様のお好きにお呼びくださいませ」

「ホッ……」

「ですがもう一つ、こちらは是が非にでもお願いしたいことがあるのですが」

「ま、前向きに善処しまッス……」

「その敬語はおやめくださいませんか？」

「え、これ駄目スか⁉」

これもセイラの方が使用人だから、九郎が敬語を使うのはおかしいというのだろうか。

と思ったら、違った。

セイラはいたずらっぽい笑みを浮かべて、言ったのだ。

「失礼ながら――クロウ様は敬語に不慣れでいらっしゃいますでしょう？」

図星だった。

「メルティア様に対しても、ご無理のある言葉遣（づか）いだらけでした」

言い返す言葉もなかった。

(だって仕方ないじゃん!)

一般的な現代日本人は、親に敬語は使わない。

また九郎の通う中学でも小学校でも、クラスの誰もが先生とタメ口だったので、自分も右に倣(なら)った。

さらに九郎は帰宅部なので、上下関係に厳しい先輩もいない。

ゲーム《アルカディア》の中でもクランからハブられた、ぼっちプレイヤー。

敬語を使う機会なんて、これまで本当に乏しかったのだ。

セイラがいたずらっぽい表情のまま言う。

「ご無理なさるくらいなら、自然に話してはいただけませんか? その方が私もうれしいです」

綺麗で年上のお姉さんの魅力が、いっぱいに詰まったような笑顔だった。

見透かされているのに、屈辱に思うどころか心地よいという——

九郎にとっては初めての体験だった。

(逆らうどころか全力で甘えたくなるんですけど!?)

これが綺麗なお姉さんの魔性か!

「わかった俺敬語やめるね!」

「はい。大変に素直でよろしいかと」

セイラがこちらの「ナデナデしてもらいたい！」という気持ちも見透かしたように、優しい手つきで頭を撫でてくれる。

でも彼女の方が少し背が低いので、爪先立ちになる仕種が可愛い。

綺麗と可愛いの兼備とか卑怯。ズルい。

†

三十分ほど歩いて、マイホームに着いた。

庭付き一戸建ての新築だ。

お屋敷というほど広くはないが、二人暮らしには充分すぎる。

二階もあるし、セイラと互いにパーソナルスペースを確保できるだろう。

「こんなに立派なおうちまでもらっていいのかなあ⁉」

「何を仰いますか」

セイラが本気で噴き出した。

「クロウ様が付けていらっしゃるその指輪一つで、この家が数百件買えますよ」

今さらの話だとコロコロ笑う彼女に、九郎は「それはそう」と真顔になる。

〈ミスリルの杖＋1〉とかの価格相場なら詳しいのだが、〈言語理解の指輪〉なんてアイテムはゲームになかったので、これがどれだけヤバい値打ちものか考えもしなかった。

ただの〈魔道具〉ではない、神族が数百年もかけて作る〈秘宝〉なのだから、そりゃあ途方もない値段がつくに決まっている（あくまで売買すればの話だが！）。


「メルティア様に内緒でオークションに出して、一生遊んで暮らしませんか？」

「それはダメ！」

「私、クロウ様のようなステキな殿方でしたら、愛人として囲われても構いません」

「ステキなのは俺じゃなくて指輪を売って得た大金だよね⁉」

「冗談です」

と忍び笑いするセイラ。

九郎は半眼になって、

「セイラさんて（見た目繊細美少女なのに）本当に図太い性格してるよね」

「いえいえ、私などそれはもう心身ともに弱くて、弱くて。特に貧血体質に悩んでおります」

「ホントぉ？」

「ああっ急に眩暈が～」

「ギャア道行く人が見てる見てる!!」

明らかに芝居の貧血アピールで、フラフラと寄りかかってくるセイラに、純情な少年は悲鳴を上げる。

「確かに仰る通り、イチャイチャするなら周りの目がない方が盛り上がりますね」

「イチャイチャはしないよぅ!?」

しかもそんなことは一言も仰ってない。

「ではクロウ様。どうぞ中へ」

「イチャイチャはしないからね!?」

勝手知ったる様子で鍵を開け、招き入れてくれるセイラ。

おっかなびっくりついていく九郎。

だけどセイラも一度クスリとすると、真面目になって各部屋を案内してくれた。

「クロウ様のご寝室は二階となっておりますが、まずは一階から参りましょう」

「うっすオナシャッス」

「こちらが台所で、お食事時にはいらっしゃってください」

「なるほどダイニングキッチン仕様。実家と同じ」

「そして、こちらがお風呂となっております」

「風呂あるんだ!(ゲームじゃ)公衆浴場とか温泉でしか見かけなかったのに」

「仰る通り、通常は民家に風呂は付いておりません。ですが日本人の方々は大変に清潔好き、お風呂好きとのことですね。ですゆえメルティア様の計らいで、備え付けられております」

「異世界の神族なのに日本の文化に詳しすぎぃ！」

しかし、これはマジありがたかった。

「ちなみにお湯はどうやって張るの？」

「ハンドルで給水栓が開くようになっております。こちらが水で、こちらが湯です」

試しにセイラがやってみせてくれると、大理石の大きな湯船にドバドバと注がれる。

現代日本なら当たり前のことだが、中世から近世にかけての文明レベルのアローディアで、いきなり湯が出てくるとはいったい如何（いか）なる仕業（しわざ）か。

「もしかして魔法仕掛け⁉」

「それはさすがにございません、クロウ様」

セイラがクスクス笑いながら教えてくれる。

すぐ近所に鍛冶場があって、その廃熱を利用して常時、湯をためているのだと。

「この付近は生産系のギルドが集まる町で、少し騒がしいかもしれませんが、クロウ様も便利なはずだとメルティア様が」

「あー、あの辺りか」

ゲームの中の〈ヴェロキア〉の地図を、九郎は脳裏に引っ張り出す。

〈大神殿〉からここまでの道中——ゲームと違って画面に方角が表示されたりしないので——どこをどう通ってきたのか、いまいちピンときてなかったのだが。

それが今、明確になる。

ゲーム通りなら鍛冶ギルドや裁縫ギルド、練金ギルドなどが集中している場所だ。

「確かにギルドが近いと助かるなー」

と九郎はメルティアの配慮に感謝。


ゲーム内では〈魔術師〉としてのプレイに専念した九郎は、いわゆる生産系のスキルを一切、伸ばさなかった。

冒険で得た素材の加工は全て、生産職のプレイヤーに依頼するか、ギルドに持ち込んでNPCに任せるというスタイルだった。

そして現実の九郎もまた、リアル鍛冶や彫金などの素養、造詣があるはずもなく。

今後魔力を帯びた素材等をゲットした時は、ゲームの時と同じくギルドに加工をお願いすることになるだろう。

(こっちの世界でもモンスターが素材をドロップしたり、ダンジョンで鉱石を掘ったりできるのかな?)

メルティア曰く、ゲーム《アローディア》はこの異世界での冒険のチュートリアルでもあるという話だから、恐らくそうに違いない。

想像しただけで九郎はワクワクしてくる。


またそう考えて、九郎は一つ思い立つことがあった。

「セイラさん、家の案内が終わったら俺、行きたいところがあるんだけど」

「買い物ですか？　もちろん、そちらも私がご案内いたします。デート風に」

「デート風⁉」

「腕を組んで歩いたり、クレープを食べさせっこしましょうね」

「それも超興味があるけどちょっと他(ほか)に用事がありまして！」

「私とのデートより優先したい事があると」

「ほぁっ⁉」

「冗談です」

セイラがまたクスクスと笑った。

クールなお姉さんのそんな仕種には、得も言われぬ色気があって、九郎はドギマギする。

「せ、セイラさんて心臓に悪いジョーク好きすぎじゃない……？」

「意外だとよく言われます」

「反省はないの⁉」

「刺激のあるトークが日々の暮らしを新鮮なものとし、幸福な人生につながるのですよ」

「案外否定できない⁉」

正月等に会う九郎の叔父夫婦がホント～～～に面白味のない人たちで、正直一緒にすごす時間が退屈というか苦痛だったりする。

比べれば心臓に悪いジョークを連発させようが、綺麗なお姉さんに振り回されてる方が遥かに楽しいではないか！

「失礼しました、クロウ様。お出かけされるというお話でしたね」

「うん、セイラさんはお留守番してて欲しいんだ」

「なるほど。私が同伴してはマズい、エッチなお店に早速繰り出そうと」

セイラがさも渋々という態度で、財布から軍資金を渡そうとしてくる。

「そんなわけないでしょ⁉　俺まだ十四だよ⁉」

「しかし『英雄色を好む』と言いますし」

「俺がそんな度胸ある奴に見えるぅ？」

「なるほど。攻めのプレイより受けのプレイの方がお好みだと。メモメモ」

「そんな嗜好はメモらなくていいからね⁉」

「しかし、でしたら確かにエッチなお店に行く必要はございませんね」

「急にわかってくれた！」

「代わりに私がご奉仕させていただきますので、クロウ様はどうぞベッドでマグロになっててくださいませ。私も不慣れで恐縮ですが、精一杯気持ちよくして差し上げます」

「何もわかってくれてなかった⁉」

「冗談です。クロウ様はとても反応がよくて楽し――お可愛らしいので、私もついからかってしまいます」

「今の言い直した必要ある⁉　どっちもヒドない⁉」

「クスクス失礼をいたしました」

抗議するとセイラが楽しそうに忍び笑いをしたまま、深々と頭だけ下げてみせる。

九郎は憮然とさせられる。

それからセイラは今度こそ真面目な顔つきになって、

「本当にお一人でも大丈夫ですか？　ご案内は不要ですか？」

「まずは〈王都〉の郊外を、軽く探索してこようと思うんだ」

ちょっとその辺を散歩してくる、みたいなノリで九郎は言う。

だからセイラも、九郎が何を企んでいるか全く気づいていない様子で、

「畏まりました。お気をつけて、クロウ様。お早いお帰りをお待ちしておりますね」

と、ごくごく一般的な見送りの挨拶をしてくれる。

九郎はイタズラ小僧みたいな顔つきになって、

「うん！　夕飯、楽しみにしててね！」

「はい……？」

聞いて、セイラが怪訝そうにする。

夕食を用意するのはメイドの役目で、九郎がそれを言うのはあべこべではないかと。

そんな彼女がきょとんとなる様は、クールな普段とギャップがあって可愛かった。

九郎は妙にしてやったりな気分になって、得意顔で説明した。

「今から〈サーバスの森〉まで行ってこようと思うんだ――」

第三章　九郎、異世界生活に魅了さる

王都のすぐ北にある〈サーバスの森〉は、ゲームでも何度も通った場所だった。

ガチ初心者用の狩場で、低レベルキャラで経験値を稼いだり、素材を集めるのに適していた。

（だからこの世界でもそんなに危険なモンスターは、いないと思うんだよな）

もし本物の〈サーバスの森〉が超危険地帯で、なのにゲームでは低レベル向けにデザインされていたとしたら、ノコノコ出かけていく九郎（くろう）にとってはチュートリアルどころかトラップにかけられたようなもの。

メルティアもそれは本意ではないはずで、だから「ゲームの比較的安全地帯」とはイコール「モデルとなった本来の場所も安全」だと考えていいはずなのだ。

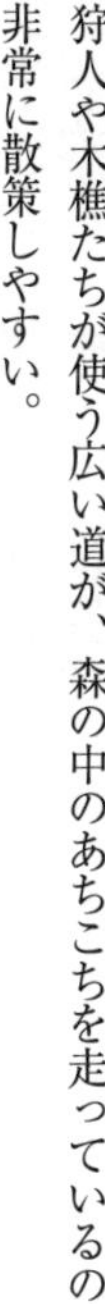

地球同様に一つきりの太陽が、わずかに西へ傾いた午後の時間。

九郎は恐れげなく〈サーバスの森〉へ踏み入った。

狩人（かりゅうど）や木樵（きこり）たちが使う広い道が、森の中のあちこちを走っているのはゲームと同じ。

非常に散策しやすい。

しかし道の構造の方は、九郎が頭に叩き込んでいる〈森〉のＭＡＰ知識とは違った。

これも〈王都ヴェロキア〉同様、ゲームの方では簡略化されていたのだろう。

少し歩いただけでも感じる、この広い広い本物の〈サーバスの森〉をだ。もしゲームで完全再現してしまったら、容量はそれだけでメチャクチャ食うわ、プレイヤーも移動と探索に時間をとられすぎて退屈だわと、ろくなことにならない。

（あのゲームをデザインしたのはメルティアさんって話だったけど）

異世界の神族が、開発会社のチームとよくよくミーティングを重ねる姿を想像すると、滑稽味というか堪らなく愛敬を覚える。


とまれ九郎は一旦、ゲームのＭＡＰに囚われすぎるのはやめた。

王都のある南の方角はどちらかと、帰りのことだけ意識しつつ道を歩いた。

そうして気づいたのは、ほぼ三角形なのが面白い池や川の石橋、巨大な人の顔に見えなくもない奇岩等――ゲームにもあった印象的なロケーションは、本物の〈サーバスの森〉にも実在するということだ。

（だったら〈狩人キャンプ〉もあるかもしれない）

そう思って探し歩いたのがビンゴ。

開けた場所に掘っ立て小屋が二十ほどあって、地の狩人たちが共同生活を送っていた。

旅を守護する女神であるミケノンナの像も、大事に祀られていた。

広場の焚火で遅い昼食を焼いているオッサンもいて、軽く挨拶もできた。

「あんまり北には行きすぎるなよ。モンスターどもがうろついてるからな。もし出くわしたら坊主じゃ命はねえぞ？」

とその狩人は親切にも教えてくれた。


（でもごめん、オジサン。俺はそのモンスターを探してるんだよね）

九郎はキャンプを離れると、道に沿って北を目指した。

森に入ってからは、三時間ほど経過しただろうか？

九郎の魔力をエネルギー源とする義体は、メルティアの説明通りに健脚そのもので、未だに疲労すら覚えない。

超インドア派の九郎だ、本当の体ならばとっくに音を上げていただろう。

自分がタフガイになったみたいで、ちょっと感動だ。

そして、同じく魔力で強化された五感は、本来の九郎だったら聞こえなかっただろうかすかな風切り音を耳で捉え、ごく微妙な空気の変化を肌で感じた。

五体のモンスターが、樹上から奇襲を仕掛けてきたのだ！

ゲームでは〈魔獣種〉に分類されるモンスターで、レベルは一から五。

実物の体格は大型犬サイズだった。

無理やり例えるならば、ムササビのような皮膜と、猪のような突き出た牙を持つ、野兎。

ゲームでの名称は〈サーバス・スカイバニー〉。

道の横手、森の中からいきなり高速で飛来した五匹は、サイズも相まって砲弾じみた迫力があった。

この義体なら突撃を食らっても耐えるかもしれないが、試す気には到底なれない。

（ゲームじゃない……。これが俺にとっての初めての実戦……）

九郎は緊張とともに応戦する。

『騎士の如き驍勇を！』

素早く呪文を唱え、《フルフィジカルアップ》を発動。

ゲームにおいては〈筋力〉や〈敏捷〉、〈知覚〉といった身体能力系の全ステータスを上昇させる、強化魔法だ。

普通は前衛職にかける魔法だが、ソロプレイヤーゆえに常に体を張らなくてはいけない九郎にとっては必須バフ。

まずこの《フルフィジカルアップ》から戦闘に入るのが定石で、いわば戦いの狼煙のようなものだった。

「さあ、かかってこいよ！」

九郎は芝居がかった台詞（せりふ）を叫び、表情までキリッとさせる。

でもすることは回避に専念である。

真っ先に突進してきた一匹を右へサイドステップしてよけ、続く一匹も左ステップでかわす。

〈スカイバニー〉の突撃が例えるならば砲弾だとすれば、九郎の動きは疾風（しっぷう）そのもの。

ただでさえ超人的な身体能力を持つ義体の上に、強化魔法のおかげでより俊敏に動けているのが体感できた。

同様に運動神経も向上しているので、「自分の体がいきなり速くなりすぎて上手（うま）く使えない」なんてことも起きない。

五匹の魔物のフライングボディアタックを尽（ことごと）く、難なく回避してみせる。

一方、皮膜によって滑空するモンスターどもは、急には止まれない。

道を挟んで反対側の森へ、そのまま飛んでいく。

「隙（すき）だらけだぜ！」

所詮は低レベルモンスターか、こいつらはゲームでもこういう挙動だった。

素早く反転した九郎は、遠ざかる〈スカイバニー〉のケツへ向けて攻撃開始。

『カ・カル・タ・カン！　イフリート王の炎よ！』

〈魔法媒体〉を意識し、丹田で魔力を練り、イメージを固め、呪文を詠唱し、そして発動させた《ブレイズ・オブ・ブレイジーズ》で三匹をまとめて焼き払う。

その余波だけで木々を巻き込み、あたかも松明の如く炎上させるほどに強力な魔法だ。

低レベルモンスター相手には完全にオーバーキル。

炎の波を浴びた三匹ともが全身、黒い煙となって霧散した。

（俺の魔法はちゃんと通用する……！）

確かな手応えに、九郎は思わずグッと拳をにぎる。

たかがこの程度の相手に大袈裟なと、笑うなかれ。

ゲームでは最高レベルの〈魔術師〉として、実装されたありとあらゆるモンスターを倒してきた九郎だが、リアルの異世界で戦うのはやはり臨場感が違った。

打倒した喜びもひとしおだった。

さらには――黒煙となって消滅した三匹のうち、一匹だけ牙の部分が原型を留めたまま残り、その場にボトリと落ちていた。

「ゲームと同じってことか！」

快哉を上げる九郎。

《アローディア》のモンスターは死体を残さない。

一方、低確率で肉体の一部が消えずに残り、〈ドロップアイテム〉となる。

かつて作中のＮＰＣから聞いた、世界観設定だ。

死体が一瞬で煙になるのは、如何にもゲームらしい演出だと思っていた。

しかし、どうやらこの異世界ではこれが自然現象のようだった。


「ピィッ⁉」

「ピピィィィィィィィッ」

火炎放射を免れた二匹の〈スカイバニー〉が悲鳴を上げ、狼狽した。

仲間たちがやられたのを見て――というよりは、九郎の魔法の凄まじさを目の当たりにしてか――滑空状態のまま慌てて飛び去ろうとしていた。

「逃がすかよ！」

九郎がこの森まで来た目的は二つ。

一つはモンスターを相手に、自分の攻撃魔法が通用するか確かめること。

こちらはもう果たされた。

だがもう一つ――〈サーバス・スカイバニー〉を生け捕りにすることが、試せていない。

ゆえに九郎は二つの呪文を立て続けに詠唱する。

『エルカ・メナウ・ササレバ・ソーン』

『砂漠に邪眼を持つ王あり！　名をバジリスクというなり！』

前者は誘眠魔法(スリープ)を、後者は石化魔法(ペトリフィケーション)をただちに発動させた。

飛び去る一匹が意識を失って木の幹に激突し、もう一匹が全身石となってその場に墜落する。

あっけないものだが、それだけ九郎の魔力と〈スカイバニー〉の抵抗力には差があったのだ。


九郎はそう分析しつつ、墜落した二匹にしめしめと近寄る。

ペンダントの形をした〈アイテムボックス〉をにぎって念じる。

すると予想通り、眠っているだけの〈スカイバニー〉は生物なので収納できない。

逆に石化した方は無生物扱いで、消えるように一瞬で収納された。

「やっぱこうなるんだな」

己(おのれ)の予測が正しかったことに、軽い満足を覚える九郎。

ついでに〈飛兎(とびうさぎ)の牙〉も収納しておく。

こっちはろくに使い道がないが、捨てておくのはどうにも気が引けた。

《アローディア》のモンスターとは、魔界から来て棲(す)み着いた、外来種だと聞いた。

現地の生態系を荒らすし、当然人も襲う。

害獣なんて生易(なまやさ)しいモノじゃない。

それを駆除したこと自体に、九郎はいちいち罪悪感を覚えるほど人間ができていない。

だが一応は命を奪っておいて、頂戴できるものを捨てていくというのは、あたかも食べ物を粗末にするのに通じる疚しさを感じたのである。

(骨細工ギルドに売れば、小遣い程度にはなるだろ)

魔法で眠らせた一匹を肩に担ぎながら、九郎はそう決めた。

(そんじゃセイラさんも待ってるし、帰りますかね)

思ったより早く目的が達成できた。

この分なら、夕方になる前に帰宅できそうだ。

最悪、手ぶらも覚悟していたことを思うと、上出来も上出来。

鼻歌混じりに来た道を引き返そうとして――九郎はふと周囲の様子に気づいた。

《ブレイズ・オブ・ブレイジーズ》の被害で、そこら中の木々が炎上している。

さらには下生えに燃え移り、風に煽られ火勢を増す。

そして無事だった周囲の木々にまで、際限なく燃え広がっていく。

(これ、放っておいても大丈夫かな?)

九郎の持つごく真っ当な常識が「絶対にＮＯ」と告げていた。

どう考えても大火事に発展しそう。

「ここはゲームと一緒じゃないのかよおおおおおおおおおっっっ！」

思わず天に向かって絶叫する。

メルティアが「さすがにオブジェクト破壊の要素まで実装するのは、プログラマーさんたちに無理だと言われまして」と、弁明している姿を大空に幻視する。

そして九郎は泣く泣く氷系魔法を駆使し、消火活動に勤しむのだった。

今度から派手な攻撃魔法を使う時は、周囲の被害に気をつけようと誓いながら。

†

空が赤くなる前には、王都に帰ることができた。

「セイラさん、ただいまー！」

息せき切って駆けてきた九郎は、玄関扉を開ける。

「お帰りなさいませ、クロウ様」

台所にいたセイラが、わざわざ出迎えに来てくれる。

「ご無事で何よりです」

「うん！　それに首尾よくゲットできた」

二人で台所へ戻ると、香草を鍋で煮込むいい匂いがした。

セイラが夕飯の支度をしてくれているのだ。

でも、メインディッシュはまだ何も用意されていない。

九郎が帰るまで待ってもらっていた。

「ハイお土産！　〈スカイバニー〉のお肉の一番いいとこだよ！」

九郎はペンダントをにぎると、〈アイテムボックス〉に収納していたブツを取り出した。

キッチンカウンターにどでーんと鎮座ましましたるは、一キログラムはあろう背ロース肉。

しかも、なまめかしさすら感じる肉肌といい、見事な脂肪の乗り具合といい、もう見ただけでヨダレが出てきそう。

「〈大神殿〉への献上品でも、これほどのものは滅多にないです」

「そりゃ獲れたてだもん！　本来は狩人の特権だもん！」

わざわざ〈サーバルの森〉の深くまで行って獲ってきたことを、九郎は説明する。

生け捕りにした二匹を持ち込んだのは、〈狩人キャンプ〉だった。

ジビエの解体なんてできない九郎の代わりに、捌いてもらうよう交渉した。

九郎が欲しいのは今日食べられる分だけの肉で、残りは全て狩人たちに進呈すると言ったら、大喜びで引き受けてくれた（ただし石化した一匹の肉は、たとえ魔法を解除しても食べるのに抵抗がある、気味が悪いと散々に言われ、捨てざるを得なかった）。

〈サーバス・スカイバニー〉は仮にも魔物。

どんなベテランの狩人でも、できれば遭遇したくない危険な存在。

だから彼らにとっても生け捕りされた〈スカイバニー〉は、大変に珍しかったのだ。

そして、ゲームでも狩猟系のスキルを持ったキャラクターは、生け捕りにしたモンスターを〈解体〉することができた。

その場合はモンスターの死体が霧散することなく、また高確率で複数の〈ドロップアイテム〉を獲得することができた。特に〈食材系アイテム〉は百パーセント入手できた。

だからこの異世界アローディアでも、心得のある人に頼めば〈飛兎の肉〉を持って帰ることができるのはでないかと。

九郎はそう踏んで、まさにビンゴだったのである。

セイラが感心半分、呆れ半分の様子で言った。

「食材を獲るためだけにモンスターと戦ってくると、クロウ様がいきなり言い出された時は、なんて破天荒なお方だろうかと驚きましたが……。考えてみれば、メルティア様がお招きするほどの魔術師でいらっしゃるのですから、クロウ様にとってはこの程度のこと冒険のうちにも入らないのでしょうね」

「いやいや、俺にとってもリアルにやるのは初めてのこと尽くしだったし」

ちょっとした冒険だったのは間違いないと、九郎は答える。

だから気合も入ってたし、狙い通りにお肉をゲットできて充実感も半端ない。

ゲームでも一個一個試しては、プレイヤーとしての経験を積んでいった九郎だ。

こっちの世界でも同様に、楽しみながらいろいろやっていこうと思う。

そして、自分がどう創意工夫し、どう目的を達成したかを、誰かに自慢したくなるのもまたプレイヤー魂というもの。

「セイラさんが楽しそうに聞いてくれて、しかもびっくりしてくれて、俺うれしいよ！」

こんなに反応のいい聞き手も珍しい。

いや、そもそもアローディアの普通の住人なら、九郎がゲームで学んだメタ的な世界知識を持っていないだろうから、それが当然なのかもだが。

なんであろうと嫌がりもせず聞いてくれるセイラには、感謝しかなかった。

「ありがとね、セイラさん」

「でしたらご褒美にキスしてくださいませ」

「へぁっ!!⁉︎⁇」

「冗談です。クロウ様の打てば響くようなご反応も大変にからかい甲斐があって、私もうれしゅうございますよ」

「これは一本とられたね！」

　クスクスと忍び笑いをするセイラに、九郎はまだドギマギしながら強がってみせる。

　でも実際、やられてばかりなのも悔しいので、

「じゃあセイラさん、早速お肉を焼いてもらえるかな？」

「畏(かしこ)まりました。すぐにお夕食の用意をいたしますね」

「それとセイラさんも一緒に食べようよ」

「ええっ」

　九郎の言葉がよほど意外だったのか、クールなセイラが驚き声を出した。

「それは……ご冗談ですよね？」

「いやいやセイラさんじゃないし。俺は冗談は言わないよ」

　たまーにしか。

「では本気で仰(おっしゃ)っているのですか？」

「モチ。今日の昼もセイラさんは横に立って給仕してくれるばっかで、食べてなかったじゃん？　それはダメだよ」

「後でちゃんといただきますから、どうかご心配なさらないでください」

「でもセイラさんを立たせてさ、俺一人で食べるのヤなんだよねー」

「それもどうかお気兼ねなく、クロウ様。快適にお食事を楽しんでいただけるよう給仕をするのは、使用人なら当然のことです。メルティア様にお仕えする神官としてもメイドとしても、それがあるべき姿です」

「気兼ねもそうだけど、一人で食べるのは寂しくってさー」

「で、ですが……」

「快適に食事させてくれるってんなら、セイラさんも一緒に食べて欲しいんだ。俺にとってはそれが一番美味しく食べられるからさ」

「うぅ……」

セイラが初めて弱り顔になって唸る。

長年神族に仕えた者としてのプロ意識と、九郎のたっての要望の間で、板挟みなのだろう。からかわれてばかりの九郎にとっても、初めて一本取ることができた。

だけどこれは、何も反撃だけが目的ではなくて、食事は一緒がいいというのも純然たる本音なわけで、

「ダメかな？　ホントにホントのお願いなんだけど」

「……それがご命令ですか、クロウ様？」

「違うよ。俺のただのワガママ」

いい機会だから、九郎はきっぱりと表明しておく。

自分には生活力なんてない。

だからセイラの好意に甘えなければ、日々の暮らしもままならない。

そこはもう割り切って、全力でお姉さんに甘えさせてもらう。

「――でもそれは、あくまで家族か友達みたいに甘えたいんであって、同じワガママを言うのでもご主人様ぶって命令ずくとか、そういうのが当たり前の関係はヤなんだよ。だからセイラさんがどうしても無理っていうなら、俺も諦める。言うこと聞く」

「家族か友達のようにですか……」

九郎の言葉を反芻するように、セイラが口中でもごもごと言う。

それから困り顔のまま、だけど肚が据わったように、

「畏まりました。その方がクロウ様もお寛ぎになられるということでしたら。僭越ながら今後はお食事をご一緒させていただきます」

「へへっ。やった」

九郎は屈託なく喜び、ニカッと笑った。

†

焚火で肉を炙る香ばしい匂いが、鼻孔をくすぐる。

竈の上に金網を敷き、ステーキサイズにカットされた背ロースが二つ、じゅうじゅうと脂を垂らしている。

そして、セイラがトングを片手に焼き加減を見守る様を、九郎がさらに後ろから眺める。

（綺麗な銀髪メイドさんが**俺のために**料理してくれるところをまさかこうして瞼に焼き付けることができる日が来ようとは！）

なんという幸福感か！　セイラの後ろ姿に胸がキュンキュンする。

言葉にしたらオタク特有の早口になっていただろう感慨を、九郎は堪能する。

メルティアが用意してくれたこの家は、台所が広くて食卓も置いてあって、いわゆるダイニングキッチン構造。

先にテーブルに着いた九郎はウキウキと、メインディッシュの完成を待つ。

ジャガイモでトロミのついた香草シチューや葉野菜のサラダ、お茶とレモン水は既に食卓に並べられている。

〈王都ヴェロキア〉は大国の中心地だからか、たくさんの食材が集まってくるようだし、比例して食文化も豊かなようだ。

そもそも《アローディア》というゲームは、食事にまつわるテクスチャ描写や設定説明に、妙にこだわりが感じられた。

仕様的には〈満腹度〉というパラメータを維持するだけのシステム周りや、アイテム群でしかないのだが――

例えばNPCの屋台で串に刺して焼かれる鮎の視覚的暴力や、その場で買った食事アイテムの説明欄に書かれた「鮎の塩焼きはヴェロキアっ子の味。お年寄りから子供までみんな大好き。近隣の湖で獲れる鮎は香りがよくて、ハラワタの風味が得も言われない」などというテキストを読まされると、九郎はゲーム中なのに腹が減って仕方がなかったものだ。

もっと言えば、実際に食べてみたかった。

その念願がこれから叶うのだ！

〈飛兎の肉〉はゲームでも、何度となく入手したことがある。

その説明欄には「ヴェロキアの名物。モンスター食材のために入手困難で、庶民の食卓には滅多に上がることのないご馳走。その味は〝兎を超えた兎〟」とテキストされていた。

九郎がゲームをやっていて、最も「食べだい……っ」と思った食材の一つだった。

〝兎を超えた兎〟とか言われて、気になって仕方なかった。

そもそも兎肉を一度も食べたことがないんだけど！

「セイラさんは〈飛兎の肉〉、食べたことあるのー？」

「メルティア様のご相伴に与って、ごくたまにですね。一年に一度くらいでしょうか」

「やっぱ兎肉だし、鶏肉に似た味（グルメ漫画の受け売り）なのー？」

「似ていると言われれば、そうかもしれませんね。もっと、ずっと美味しいですが」

「じゃあ超すんごいチキンステーキみたいな感じなんかな」

「ふふ。もうすぐ実際にお口にできるのに、クロウ様ったら浮かれすぎですよ」

これが浮かれずにいられるか！


そして焼き上がったステーキが、いよいよ目の前に運ばれてきた。

「ごめん、セイラさん！　俺もう先にいただくね！」

九郎はワッと皿にとりかかる。

セイラの着席を待たないのはお行儀がいいとはいえないが、もう辛抱堪らなかった。

ナイフとフォークで一口サイズに切り分ける間ももどかしく、急いで頬張る。

（うっ……うまぁい！）

口に物を入れたまま、思わず叫びそうになった。

味のベースは確かに鶏肉に似ていた。それも柔らかくて弾力に跳んだ、せせりの部分。

ただこちらの方が味がギュッと詰まって濃く、しかも噛んでも噛んでもずっと肉汁が溢れてくる。

加えて、分厚い層となって乗った脂肪の美味さたるや！

　全然クドさがない上に、特筆すべきはその食感だ。ジュルジュルっとした、九郎にとっては未知のゼラチン感があって、せせりみたいな赤身の歯応えと混然一体のハーモニーを生み出し、陶然（とうぜん）とさせられる。

「この脂がめっちゃヤバい……」

「〈スカイバニー〉の特徴の一つですね。普通の兎はむしろ脂がなくてパサパサしてますから、煮込むか揚げるかするのが〈ヴェロキア〉では一般的です」

「なるほどなるほどっ」

「鮮度がいいほど美味しいのも〈飛兎の肉〉の特徴ですね。私はプロの料理人ではございませんので、生でお出しするのは避けましたが。普通の兎と違ってサイズが大きいので、ステーキにしても骨が邪魔したり食べ辛（づら）かったりしないと思いまして」

「なるほどなるほどっ」

　如何に優れた食材か、セイラの解説にもうなずくばかり。


（この世界に呼ばれてよかった！　ゲームじゃこれは味わえない！）

　心の底からそう思った。

　メルティアに感謝した。

同時に、料理してくれたセイラにも大感謝。

「セイラさんも早く食べなよ。せっかくのお肉が冷めたら台無しだよ！」

「はい、ご相伴に与りますね」

そう言ってセイラが着席する。

いゝゝゝゝゝ、九郎の左隣の席に。

テーブルの対面ではなく。

九郎は一瞬あんぐりとなってから、

「ナンデ隣⁉」

「恋人のように甘えたいと仰ったのは、クロウ様ではございませんか」

「家族と友達みたいにって俺言ったよね⁉」

「全部、同じようなものでは？」

「俺の中じゃ恋人は、超えられない壁三つくらい差があるんだけど⁉」

しれっと真顔で答えるセイラに、九郎は全力でツッコむ。

でもセイラはガン無視し、

「さ、クロウ様。せっかくの**私の手料理**が冷めてしまっては台無しですから。はい、あーん」

スプーンですくったジャガイモ入りシチューを、九郎の口元へ差し出してくる。

あくまで甘々恋人プレイを続ける。

「セイラさん、さっきの根に持ってるだろ⁉」

九郎は確信した。

一緒に食べたいとダダをこね、初めてセイラを弱り顔にさせたアレの、意趣返しに違いない。

「さあ、なんのことでございましょう？」

セイラはすっ呆けて、強引にこちらの口へスプーンをねじ込む。

いきなり始まる激辛恋人プレイで、九郎は抗議の声を物理的に封じられる。

香草をたっぷり使ったシチューの味もスパイシーだ。

（この人にはマジ敵わないな……）

いい塩梅に煮込まれたジャガイモを咀嚼しながら、痛感させられた。

会って初日にして思い知らされた。


でも――

すぐ隣にいたずらっぽい微笑を湛えた、銀髪メイドのお姉さんがいるシチュエーションも。

こちらの反応を楽しむように、じっと見つめられることも。

恥ずかしがる九郎をからかうように、シチューをすくって食べさせようとしてくるのも。

全部、正直、満更でもなかった。

弄ばれてるとわかってるのに、嫌などころか続けて欲しかった。

（このままじゃ俺がセイラさんの虜（とりこ）になるのも時間の問題——いや、なって悪いことあるか⁉）

半ば混乱する九郎。

それくらい十四歳の少年には刺激が強かったのだ。

第四章　九郎、目に焼き付ける

翌朝。

九郎（くろう）は寝室のベッドで、優しく揺り起こされた。

「おはようございます、クロウ様。とても好（い）い天気ですよ」

「う……うーん……？」

瞼（まぶた）を開くと、銀髪メイドさんの麗しい顔が見える。

眠気なんか一発で吹き飛ぶ。

（そうか！　俺（おれ）、異世界（アローディア）に来たんだった）

刺激的且（か）つ楽しかった昨日の出来事の数々が、決して夢ではなかったことに安堵（あんど）する。

「お目覚めでございますか、クロウ様？」

「うん。起こしてくれてありがとね」

無機質な目覚まし時計のベルで叩（たた）き起こされるのではなく、人の手で優しく揺り起こされる朝が、こんなに気持ち良いものだと知る。

ところがセイラはしかつめらしい顔で、

「この程度のことで感謝されては、かえって恐縮というものでございます。明日からはうんとサービスして、目覚めのキスで起こして差し上げるべきかなどと考えてしまいます」

「それはやめてね⁉」

「もっと淫らな起こし方をしろと？　クロウ様の鬼畜っ」

「そうやって朝から俺をイジってくるセイラさんの方がオニチクだよねっ」

「ああっ急に眩暈が～」

「貧血のふりして強引に誤魔化すのやめよ⁉」

「冗談です」

九郎が全力でツッコみまくると、その反応が楽しくて堪らないとばかりにセイラが忍び笑いをする。完全にお気に入りのオモチャを見る目だ。

それから今度こそ真面目に戻って、

「では私は朝食のご用意をいたします。クロウ様は寝間着のままでけっこうですので、顔だけ洗って台所へいらっしゃいませ」

「ラジャ！」

九郎は上体を起こすと、一礼して退室していくセイラに了解する。

伸びをしてからベッドを抜け出す。

一階に降りると、顔を洗うために風呂場へ寄って、それから台所へ。

廊下とを仕切る木製ドアに手をかける。

開ける。

びっくり仰天。


着替え中で、ほぼ全裸のセイラがそこにいたのだ。


「きゃっ」

とセイラは可愛い悲鳴を上げ、慌ててメイド服を胸元に抱き寄せる。

おかげで九郎もおっぱい等、危うい部分は目撃せずにすむ。

でもフリル付きのチョーカーと、白いソックスだけを着けているセイラの格好は、全裸状態よりかえってエロいというか、九郎にとって煽情的だった。

「す、スンマセーン‼」

全力で謝罪しつつ、渾身で扉を閉める九郎。

（やっちまったあ……やらかしちまったあ……っ）

故意ではなかったとはいえ、女性の着替えを覗いてしまった罪悪感が胸にもたげる。

（どう言い繕っても同棲状態だもん、いつかこうなるんじゃないかって俺だって思ってたよ！）

弁明はあるが、それが男らしくないという自覚もまたある。

（……素直にセイラさんに謝罪しよう……）

気持ちに整理がついて、悄然とうなだれる。

しかし同時に、思考にも整理がついた。

おかげで遅まきながら気づいた。

「セイラさん、なんで台所で着替えてるわけ⁉　つーか俺を呼びに行っておいて着替え始めるのはどう考えてもおかしくね⁉　そもそもメイド服ならさっき着てたよね⁉」

「お茶目な冗談ではないですか」

「心臓に悪い冗談だよ！」

中からドアを開け、顔だけ出したセイラに九郎はツッコむ。

扉の陰になった首から下は、まだ真裸ではないのかと警戒したが、さすがになかった。

一分の隙もなく身だしなみを整えたメイドさんが、ダイニングキッチンに招き入れてくれる。

九郎はまだブツクサ言いながら、

「俺をからかうのが楽しいのはわかったけどさ。さすがに体を張りすぎじゃね？」

セイラも服で大事な部分を隠す構えはしていたとはいえ、何も裸にならずともと思う。

「ですがクロウ様は、朝から眼福だったでしょう？」

「うっ……」

否定できず、口ごもる九郎。

瞼の裏に焼き付いたセイラのあられもない格好を、つい回想してしまう。

抱き寄せた服で前こそ全部隠れていたが、背中やお尻は丸見えだった。

真っ白な素肌が艶めかしくも綺麗だった。

「忌憚のないご感想、ありがとうございます」

「人の心読むのやめて!?」

「クロウ様はすぐお顔に出るので、わかりやすいのですよ」

「………」

クスクスと忍び笑い混じりに指摘されて、九郎は憮然。

先に食卓に着くと、料理をテキパキと配膳してくれるセイラに、渋面で警告する。

「ガキかもしれないけど、俺だって男なんだぜ？　あんまり過激なことされたら、オオカミにだってなっちゃうんだぜ？　危ないのはセイラさんなんだぜ？」

「クロウ様は意外と**カッコつけしい**と。メモメモ」

「やめて俺の羞恥心が死んじゃう！」

スッと懐からメモ帳を取り出した敏腕メイドさんに、九郎は涙目で懇願する。

それでセイラも茶化すのをやめてくれて、急にキリッとした顔つきになって、

「クロウ様の仰ることはごもっとも。そしてもちろん、私も承知の上です。他人を玩具にしていいのは、自分も玩具にされる覚悟のある者だけ。もしクロウ様が劣情を持て余した末に私

を手籠めになさっても、決してお恨みはいたしません」

「俺をからかうのにそこまでの信念が⁉」

「ですので、もしクロウ様にそんな度胸がございますなら、ぜひご遠慮なさらず。もしクロウ様にそんな度胸がございますなら」

「二回も言わなくてもどうせ俺にそんな度胸ないよ⁉」

すっかり見透かされてる！　とクロウは頭を抱える。

まだ何かメモをとっているセイラの様子を、恨めしげに見つめる。

彼女とは昨日、会ったばかりなのに。

そんなに自分は底が浅い人間なのか。

（……そりゃ浅いよなあ。ただのゲーム廃人のガキだもんなあ）

これが相手がレベル九十台前半のボスモンスターなら、四匹に囲まれたところで余裕で処理する自信があるのだが。

リアルのエッチなお姉さんは、モンスターより遥かに手強いということだ。

（俺がもっと酸いも甘いも嚙み分けたオトナだったら、セイラさんのからかいだって上手～くあしらって、逆に壁ドンしてメス顔にさせるくらい余裕なのかもしれねえ……）

ガキだからよく知らんけど。

†

「――ということが、朝からあったんスよ～。参ったッスよ～」

愚痴とも相談ともつかぬ言葉を九郎がこぼした相手は、無論のことメルティアだった。

〈大神殿〉に用事があったついでに彼女を訪ね、昨日と同じ応接間に通されていた。

果たしてメルティアは口元に手を当て、ころころと笑いながら、

「よかったではありませんか。眼福だったでしょう？」

「メルティアさんもそれ言う⁉」

「ですが日本のオタクの殿方は、『ラッキースケベ』が大好物なのでは？」

「それは否定できないけど！」

タハーと九郎は目元を覆う。

異世界の神族に性癖を把握されているのも、神々しいまでの美女の口から「ラッキースケベ」なんて単語が飛び出してくることにも、そろそろ驚かなくなっていた。

一方、メルティアは笑顔は崩さず、口調を少し真面目に変えて、

「クロウ様はお優しいですね。あの子のことを想って、口を酸っぱくしてくださっているのでしょう？　確かにイタズラにしても、嫁入り前の娘がやることではございませんもの」

と――こちらの複雑な心情を、まるっと理解してくれたばかりか、九郎よりも的確に言語

化してくれるではないか。

九郎もうれしくなって、思わず前のめりになる。

さらにメルティアは思案げに頬に手を当て、続けた。

「セイラだとてそれはわきまえた上で、敢えて破廉恥に振る舞っているのだと思います。きっとあの子なりに、何か考えがあってのことでしょう」

「どんな考えがあったら痴女行為に走るんスか⁉」

これには九郎も即ツッコんだが、メルティアはあくまで真剣に、

「セイラは普段から物怖じしないところがあります。神族に対しても言うべきことはズケズケと言いますし、特に私の前ではよく冗談を言ったり、憎まれ口を叩いたりもします。あの子のそういうところが私は気に入っているのです」

「それは……わかる気がするッス」

メルティアに対しても、からかって楽しむセイラの姿が目に浮かぶようで、九郎もうなずく。

そんなセイラを、自分もまた好ましいと思う。

「ですが、あの子は神官なのです。それも手本となるべき優秀な。無論のこと貞淑な子ですし、冗談でも殿方に肌を見せるような真似は、今まで一度もしたことがないのです。だからこそ、敢えての行為だと申し上げておるのです」

「なるほど……」

セイラとは長い付き合いらしく、しかもあらゆる生物と意思疎通できるというアロード神族が断言するのだ。

九郎も説得力を感じた。

何か理由があるのならば、やめさせるべきとまで強くは言えなかった。

メルティアが推測を続ける。

「もしかしたら大した理由ではないのかもしれません。あの子は物心ついたころにはもうこの〈大神殿〉にいて、ずっと禁欲的な暮らしをしていました。それがこのたび下山して、解放的な気分になっているだけかもしれません。クロウ様のような同年代の素敵な殿方に出会って、はしゃいでいるのかもしれません」

「それもなるほどッス……」

自分がステキかどうかはさておき、セイラにそういう事情があったのなら、羽目を外したくなる気持ちは共感できた。

そしてメルティアは、さらにセイラの事情を深く語ってくれる。

口元から笑みを消して。

居住まいを正して。

「セイラは物心つく前に両親を失い、〈大神殿〉に引き取られた娘です」

「えっ……」

「帰る家のないあの子は、幼いころから涙ぐましいほど一生懸命に、神族(わたしども)に仕えてくれました。そこまで必死にならなくてよいと何度も諭(さと)したのですが……恩があるからと、あの子は決して聞き入れませんでした。昔から頑固な子なのです。そして、あの子にそれほどの負い目を感じさせてしまった、私の不徳の致すところです」

「そんな事情が……」

九郎は絶句させられる。

普段こそクールだけど、お茶目で明るい一面もたびたび見せてくれるセイラからは、まるで想像もつかないほどハードな生い立ちではないか。

自分と三つしか歳(とし)が違わないのに、どれだけメンタルが強靭(きょうじん)かという証左だ。

「ですのでクロウ様——はしゃぐあの子のことを、大目に見てやっていただけないでしょうか。私からもこの通り、お願い申し上げます」

「や、そういうことならわかったッス！　俺の方は全然平気ッス！」

深々と頭を下げたメルティアに、九郎は慌てて上げるように頼む。

「ありがとうございます。クロウ様は本当にお優しい方ですね」

メルティアはまた柔らかい微笑を口元に浮かべた。

その屈託(くったく)のない顔で平然と言い出した。

「クロウ様も気兼ねなく、ラッキースケベをご堪能(たんのう)くださいね。ウィン・ウィンですよ」

「身も蓋もない言い方やめてくれます⁉」

それ、よけいに気兼ねするやつぅ！

「あとはあまりにおふざけの度がすぎるようなら、セイラを懲らしめるためにも、おっぱいの一つや二つ揉んでやってください。クロウ様も狼なのだと、あの子の体に思い知らせてやってください。この私のお墨付きですよ」

「俺はそんなことしませんけどね⁉」

「でも日本のオタクの殿方は、生意気な小娘を見ると股間がイライラしてくるのでしょう？」

「それはさすがに一部の特殊性癖の持ち主だけッスよ！」

一緒にされたくないと、九郎は全否定した。


本気か冗談かもわからないメルティアのトークで、九郎の相談は締めくくられた。

おかげですっかり深刻な気分が抜け落ちた。

貞淑なはずのセイラが、なぜ自分に対してだけはエッチに振る舞うのか、その「理由」を深く考えもしなかった。

そして、その謎が明らかになるのは、およそ一月後のことだった。

†

話も一段落したことで、九郎は用事の方にとりかかることに。

目的の場所まで、メルティアに案内してもらう。

〈ハイラディア大神殿〉内には、様々な神様を祀った祭壇が存在する。

九郎が向かったのはその中の一つ——旅を守護する女神、ミケノンナのお社だ。

メルティアによく似た美女の石膏像が、祭壇の上に立っていた。

ただし正確にはメルティアに似ているのではなく、アロード神族は皆等しく顔が整いすぎて、誰も彼も同じような容貌だという話なのだろう。

ミケノンナ女神像は素晴らしく温和な表情を浮かべ、しかし腰には武骨な剣を佩いていた。

旅というのが、時に厳しいものだということを象徴する——設定考察班がそんな風にネットで語っているのを九郎は読んだことがある。


覇権ゲームである《アローディア》には、その緻密な世界観に魅せられ、深く読み解こうとする有志もまたたくさんいた。

それが「設定考察班」と呼ばれる連中だ。

例えば考察班曰く、〈アロード神族〉とは地球人が想像するような「神様」ではないらしい。

ただ途方もなく長い寿命や神秘的な特殊能力の数々、そして極めて優れた魔法的文明を持つ、異世界の一種族でしかないという。

ましてや全知全能には程遠いのだと。

ならば、ここに祀られているミケノンナのような、この世界（アローディア）における「神」とは何か？

答えはシンプルで、偉大なアロード神族の中においても、さらに偉大だと彼らから目される故人（故神？）に敬意を表し、こうして似姿を遺されているのである。

つまり日本人が、二宮金次郎の銅像を立てるのに近い感覚だ。


九郎がお社へ足を運んだのも、そんな偉人の中の偉人であるミケノンナの恩恵に与（あずか）るため。

「じゃあ行ってきます！」

と元気よくメルティアに挨拶（あいさつ）すると、女神像に正対して祈願する。

ご利益（りやく）は覿面（てきめん）。

一瞬後にはクロウの姿は〈大神殿〉から消え去っていた。

代わりに〈サーバスの森〉に転移していた。

例の〈狩人（かりゆうど）キャンプ〉にも祀られている、ミケノンナ像の前に立っていた。

そこへたまたま通りがかった狩人が、

「おー、昨日の坊主じゃないかー。〈飛兎（とびうさぎ）の肉〉あんがとなー」

と驚きもせず会釈してくる。

それだけ旅の守護女神(ミケノンナ)の恩恵は、この世界では一般的なものだということだ。

アロード神族の感覚で大昔という話だから、恐らく何千年も前のことだろう――

ミケノンナが果たした偉業は、アローディア世界各地にこの像を設置して回ったことらしい。

旅人は各地に祀られた女神像に祈願することで、〈ハイラディア大神殿〉にあるミケノンナのお社まで、一瞬で転移できる。

逆にお社の本女神像に祈りを捧げることで――一度、訪ねたことのある像に限り――各地の女神像の元へ瞬間移動が可能という仕組みだった。

ゲームでも散々お世話になった、大変に便利な移動ネットワークだが、残念ながら像を新たに設置することはメルティアたちにも不可能だという。

この優れた〈秘宝(アーティファクト)〉を制作できたのが、神族の永い歴史でもミケノンナだけなのだと。

それゆえ彼女は旅を守護する女神として、今でも祀られているのだと。

一方、現代の神族の秘術でも、〈テレポーター〉と呼ばれる瞬間移動装置を制作することは可能とのこと。

〈大神殿〉と麓の〈王都〉を登下山するのにも使われている。

これは定められたA地点とB地点を行き来するための装置(アーティファクト)で、旅の女神像のようにあちら側を一度訪ねなければいけないといった制限はない。

その代わり〈テレポーター〉で移動できる距離は、最大で一キロメートル程度。

旅の女神像のように、〈サーバスの森〉まで跳(と)べるほどの力はない。

また一組制作するのにやはり数百年はかかるため、そこら中で見かけるということもない。

（ありがとうございます、ミケノンナ様。おかげで冒険が捗(はかど)ります）

九郎は日本人的な感覚で、〈狩人キャンプ〉の女神像に手を合わせる。

ゲームで使い倒していた時は考えもしなかったが、実物を見ると自然とそんな気持ちになるのである。

まあ、アローディアの太古の偉人(かみさま)が、拝まれてうれしいかどうかは知らないが。

そうしてから北へ――〈サーバスの森〉の奥深くを目指して移動開始する。

すれ違う狩人のオッサンたちが、

「また〈スカイバニー〉を狩りに行くのかー？」

「でも、あんま北には行きすぎるなよ」

「うろついてるモンスターの数が、どんどん増えるからな」

「〈スカイバニー〉よりもっと恐ろしい奴(やつ)も出てくる」

等々、いろいろとアドバイスしてくれる。

（昨日も思ったけど、マジで親切だよな。ここのオッサンたち）

九郎にとってはゲームで既知の情報ばかりだが、それでも彼らの心持ちがありがたい。

（そしてゴメンナサイ。俺は今日はいっぱい狩りに来たから、ガンガン奥に行くつもりです）

昨日で肩慣らしはすんだので、本格的に〈サーバスの森〉の探索に入る。


目的は〈サーバス・スカイバニー〉の乱獲。

あいつらがドロップする〈牙〉は大して価値がない——〈鉄の槍〉よりは軽くて少し強い、〈飛兎の牙槍〉というしょーもない武器を作る素材になる——が、ごく稀に落とす〈血染めの飛兎の牙〉ならば、ゲーム内でも非常に高く売却できた。

今日はそのレアドロップ狙いで行く！

警告を受けた通り森の奥地へ踏み入ると、他モンスターとの遭遇率も高まるが、どうせレベル十前後の〈サーバス・グレイウルフ〉や最大でレベル二十の〈サーバス・トレント〉だ。

恐くはない。

「レアアイテムで大儲けして、セイラさんにお土産買って帰ろ！」

意気込みも露わに、九郎は林道を北へと進んだ。

――そして、およそ五時間が経った。

気合は完全に空回っていた。

「い、一個も出ぬぇ～～～～～～～～～～っ」

嫌味なほど晴れ渡る空へと向け、九郎は声の限りに叫ぶ。

その騒ぎを聞きつけ、森の奥から三匹の〈スカイバニー〉が飛来すれば――

『貫く意志よ！』

と短呪文で連続発動可能な《マナジャベリン》を放ち、端から駆逐していく。

純然たる魔力を貫通力に変換した一撃は、周囲の森には被害を与えず、〈スカイバニー〉の胴体に風穴を開けた。

ゲームではレベル十三で習得できたごく基礎的な魔法だが、こいつら相手ならこれで充分。

三匹のモンスターが順に黒い煙と化して霧散する様を、九郎は食い入るように凝視する。

「落ちろ落ちろ落ちろ落ちろ落ちろ……」

祈りというより呪詛の如くレアドロップを念じる。

が、ダメ。

レアどころか、通常の〈飛兎の牙〉すらドロップしない。

乱獲を始めてからずっとこんな調子だった。

五時間もかけて、百匹以上も狩って、得られたのは通常の〈牙〉がたったの十一本。

「**計画は完璧**なのに俺のリアルラックがなさすぎる！」

再び天を仰いで詠嘆する九郎。

かと思えば肩を落として、うなだれて、

「疲れた。帰ろ」

来た道をトボトボと戻る。

魔力漲る義体の方は全く疲労を感じていなかったが、精神的に無理だった。

凄まじい徒労感を味わわされていた。

夕暮れ前まで頑張るつもりだったが、こんな日はさっさと撤収するに限る。

「明日はもっと奥の方……いっそ〈サーバスの樹海〉まで行ってみるか……」

グチグチ独り言をぼやきながら、いじけて帰る。


そこに立ち塞がる〈サーバス・トレント〉の巨軀！

活発に動く大木ともいうべき、このエリアで最も恐ろしいモンスターだ。

そいつが九郎の気配に気づくや、根っこ状の脚部を盛んに蠢かして襲い来る。


『果断なる意志よ……』

だが九郎は嘆息混じりに呪文を唱え、《マナブレイド》で大木の魔物を両断した。

あたかもゲーム内でレベル九十九を誇った〝クロウ〟の如く、〈森〉最強を一蹴した。

もちろん、何もドロップしなかった。

†

さらに一時間後――

「うおおおおおおメッチャ儲かったあああああああ」

九郎は歓喜の声で叫びながら、〈王都〉の鍛冶場通りを我が家へと走る。

道行く職人たちに奇異の目で見られても、まるで気にしない。

本日の「大戦果」を一秒でも早くセイラに報告し、この喜びを共有したかった。

そう。

昨日分のも合わせて十二本の〈飛兎の牙〉が、なんと金貨十二枚で売れたのである。

てっきりゲーム同様に、二束三文で買い叩かれると思っていたのに。

持ち込んだ骨細工ギルドの鑑定人も、「ぜひ今後ともウチで引き取らせてくださいっ！」と
ホクホク顔だった。

ゲームとリアルのアローディアで、どうしてこんなに差があるのか？

よくよく考えてみれば、当たり前の話といえた。

ゲームでは一サーバー辺り五万人のプレイヤーたちが、毎日の如くモンスターを狩りまくり、そのドロップアイテムが大量に市場へ流れ込んでいるのだ。

対してリアルのアローディアでは、一桁(ひとけた)レベルのモンスターでさえ一般人には充分に脅威で、好き好んで狩りたい代物ではないらしい。

ゆえにゲームでは投げ売りされている〈飛兎の牙(しょーもないドロップアイテム)〉でさえも、リアルではそこそこ貴重なモンスター素材扱い。

一本が金貨一枚に化けるボーナスステージ。

設定考察班によれば、《アローディア》の金貨一枚は約十万円相当だったから、九郎は今日一日で百万円以上をボロッと稼いでしまったわけである。

こんなんサービス開始直後にスタートダッシュをキメたプレイヤーでさえ、味わうことなどできなかっただろうお花畑独占状態でしかない。


「ただいまセイラさあああああああああああああああん！」

息せき切って玄関を開ける九郎。

しかし、昨日はわざわざ出迎えてくれたセイラが、今日は返事もない。

買い物か？　否（いな）、玄関に鍵（かぎ）がかかってなかった。

ならば裏庭の井戸で洗濯中かもしれない。

九郎は急いでそちらへ向かう。

骨細工ギルドでゲットしたあぶく銭をにぎりしめ、錬金ギルドでお土産を買ってきたのだ。

〈ヒールスライム〉から抽出・精製した軟膏（なんこう）で、貴族が使うような超セレブ品。

水仕事が多いメイドさんに、手荒れ肌荒れを防いでもらいたいというチョイス。

九郎の母親も、父親にニ●アの高い奴を土産にもらうと、いつも喜んでいた。

（早速、試してもらおう！）

もし洗濯中ならまさに絶好機である。

外から裏庭に回るより、風呂場か台所の勝手口から出た方が近い。

九郎はセイラの喜ぶ顔を早く見たい一心で、脱衣場のドアに手をかける。

開ける。

中に**完全裸（マッパ）**のセイラがいる。

「きゃあああああああああああああああ⁉」

「ホアアアアアアアアアアアアアアアア⁉」

セイラの悲鳴と九郎の驚声が、脱衣場いっぱいに木霊(こだま)した。

これは完全なるアクシデントだ。

セイラがちょうど風呂から上がったところへ、九郎が踏み込んでしまったのだ。

決して純情な少年をからかうために、全裸で待ち構えていたわけではない。

その証拠にクールなセイラが目を白黒させて、絹を裂くような悲鳴を叫んでいた(思えば、今朝方(けさがた)のイタズラ時の悲鳴はわざとらしかった)。

且つ咄嗟(とっさ)に両手を使い、あられもない姿を隠そうとする。


そして――ここで新たなアクシデントが発生した。

普通、女性が自分の体を隠す時、左右の手でどことどこをカバーするだろうか？

胸元と股間。

それが一般的ではないだろうか？

ところがセイラが反射的に隠したのは、「左手が股間」「右手が首筋」だったのだ。

前者はともかく後者はナンデ⁉

「セイラさん、おっぱい丸出しィ！　丸出しだから隠してえええええええっ」

九郎が絶叫した時にはもう遅かった。

男の劣情を揺さぶる大ぶりな乳房と、対照的に楚々とした桃色の先端が、バッチリ目に焼き付いてしまったのだ。

三十分後——

「大変お見苦しいところをお見せしました……」

かっちりメイド服を着用したセイラが、リビングに顔を出すなり謝罪する。

トレイで運んできたティーセットを、ローテーブルにテキパキと並べる。

いつものマシーンめいた所作のようで、どこかぎこちない。

頬もまだわずかに赤い。

「こちらこそノックもせず脱衣場に侵入し、誠に申し訳ございませんでした……」

ソファで小さくなっていた九郎は、ローテーブルに額がつくほど頭を下げる。

「いえいえ、昼間から入浴できる贅沢に、メイドの分際で目が眩んだ私に非がございます……」

「いえいいえ、女性と一つ屋根の下で暮らしている自覚が、未だ欠けている俺にこそ非が……」

対面のソファへ腰を下ろしたセイラと、互いに無限に謝罪を続ける。

その滑稽さに気づいたセイラがクスリと微笑して、

「ではお互いに悪かったということで、水に流しませんか？」

「俺は助かるけどセイラさんはそれでいいわけ……？」

おっぱい見られ損ですよ？

「できれば忘れたいくらいですし、クロウ様にも忘れていただきたいです」

「その気持ちは痛いほどわかる……」

セイラさんのおっぱい、鮮明に記憶に焼き付いちゃったけどね……。


ともあれ晴れて手打ちになった。

だから九郎は改めて、

「じ、実はセイラさんにお土産があったんだ」

と蓋付きの木製容器を、テーブルの上にそっと置く。

「も、モンスター素材を売ったら思わぬ金額になったから、練金ギルドで買ってきたんだ」

と今日の出来事をボソボソと報告する。

やらせなしのラッキースケベ事件が起きた気まずい空気の中で、もう一度テンションをアゲていくのは難しい。

「それで私にですか？」

「うん。セイラさん、水仕事が多いだろ？　だから肌荒れしないようにお高い軟膏を」

「……………アリガトウゴザイマス」

「今すごい間があったよね⁉」

あと感謝の台詞が棒読みだったよね⁉

期待とは違う反応に、思わず大声でツッコむ九郎。

一方、セイラは困ったような、申し訳なさそうな顔で、

「クロウ様。お気持ちは大変うれしいのですが、私は手荒れ肌荒れの類には悩まされたことがないのです」

「マジで⁉」

若いから⁉　それとも皮膚が分厚い体質だとか⁉

「神官の端くれゆえ、簡単な治癒の奇跡ならば使うことができると、申し上げたでしょう?」

「あっ」

「ですので水仕事でどんなに肌が荒れても、すぐに癒すことができるのです」

「正直その発想はなかった……」

せっかく値段も効能もメチャクチャ高いやつを選んできたのに、パーである。

九郎は《アローディア》にまつわるゲーム知識の深さに絶対的な自信を持っているが、少し応用が利いてないことを痛感した。

先ほどの〈飛兎の牙〉の買取相場についてもそうだ。

（まあ、致命的なミスをする前に気づけてよかったと考えよう……）

今後はもっと柔軟に考えることを、今この場で課題に決める。


対してセイラは、九郎の消沈ぶりを見かねたように言い出した。

「せっかくですので、試しに使わせていただいてもよろしいですか？」

「もちろん！　そのために買ってきたんだし」

九郎が顔を上げると、セイラは目の前でよく見えるようにと所作にも気遣ってくれながら、軟膏の蓋を開ける。

中の半透明、半固体状のジェルをひとすくい。

まずは掌で擦り合わせ、それから手の全体に広げていく。

「まあっ……」

そして決して芝居ではなく、感嘆の声を漏らした。

「え、ナニナニ？」

「肌がとてもすべすべして気持ちいいです」

と、両手を広げてみせるセイラ。

「乳液みたいな効能もあるのかな？」

さすがモンスター素材、なんでもありだ。

「そのニュウエキというのは寡聞にして存じませんが、クロウ様もぜひ確かめてみてください」

言うなりセイラは大胆な行為に出た。

テーブルに身を乗り出すと、九郎の頬を両手で包んだのである。

「あっ気持ちいいっ」

九郎は照れるより先に、すべすべの掌の感触に驚いた。

セイラも見るからにうれしげで、

「これは素晴らしいお土産を頂戴しました。私には不要だと思ったのが浅慮でした」

「セイラさんが喜んでくれたなら何よりだよっ」

「はい、クロウ様にもお裾分けいたしますね。存分にお喜びください」

セイラはまだ手を離してくれず、それどころか九郎の頬や首筋を撫で回してくる。

その手つきはねちっこく、有体に言えばエロティックで、軟膏のおかげですべすべ感激増の掌の感触も相まって、九郎はゾクゾクさせられる。未知の快感に襲われる。

でも調子に乗ったセイラが、襟首の中まで手を突っ込もうとしたので、ドキリと我に返る。

「セイラさんっっっ」

「ふふ、冗談です」

九郎が声に出して咎めると、セイラは今度こそ両手を引っ込めた。

「でもこれからは毎日、軟膏を使うたびにクロウ様をお撫でして、どれくらい私の肌に馴染んでいるかご報告いたしますね」

「そ、そこまでしなくても……」

「これほど素晴らしく、しかも高価だという品を頂戴したのですから、義務レベルで当然かと」

「そ、そっかなあ……？」

「あとは殿方が喜ぶ愛撫の仕方も勉強しておきますね」

「それはやめてっっっ」

「冗談です」

この人の冗談マジ心臓に悪い！


おかげで九郎は喉が渇く、渇く。

ティーポットの中身も減ること、減ること。

でも美味しいお茶と刺激的なトーク、二つがあれば時間なんて忘れる。

ましてや脱衣場でのハプニングや気まずさなんて、すっかり頭から抜け落ちた。

セイラのおっぱい以外。

第五章

九郎、女騎士さんと出会う

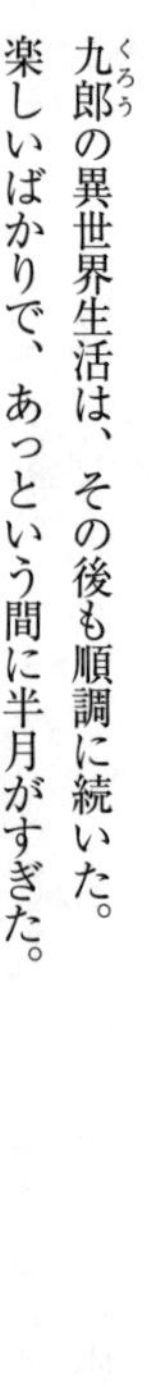

九郎の異世界生活は、その後も順調に続いた。

楽しいばかりで、あっという間に半月がすぎた。

毎日〈サーバスの森〉に出かけては、北へ北へと探索を続けた。

ゲームとリアルで魔法のメカニズムに違いがないか等も、散々に調べた。

またすっかり味を占めて、モンスターがドロップする〈牙〉を集めまくった。

それどころか、すぐに〈サーバスの樹海〉にも足を踏み入れることとなった。


〈王都ヴェロキア〉の遥か北には、〈タチアナ連峰〉と呼ばれる山々がある。

その麓に広がるのが、〈サーバスの樹海〉だ。

初日以来、九郎が足を運んでいた〈サーバスの森〉は、実はこの樹海の一部で、南端に位置する場所を指すのである。

狩人や木樵の手が入り、道も縦横に拓かれている地帯が〈森〉。

それ以外の部分——木々が鬱蒼と生い茂り、まともな道すらなく、一般人がまず近寄ることもない地帯が〈樹海〉。

そう区分されている。

ゲームでの〈サーバスの樹海〉は中級者向きのエリアで、レベル三十台以上のモンスターが跋扈（ばっこ）していた。

ここでじっくり経験値を貯めて、上級者用エリアである〈タチアナ連峰〉を目指すプレイヤーも多かった。


九郎もいずれは〈タチアナ連峰〉を訪れるつもりだが、まずは〈樹海〉の探検が先。

何事にも順序というものがある。

また〈樹海〉でもやりたいことは決まっており、これもまずは旅の女神像を発見すること。

ゲームでは〈万年檜（ひのき）〉と呼ばれるランドマークから、少し西に行ったところの〈乙女（おとめ）の湖〉、その畔（ほとり）に祀（まつ）られていた。

また〈万年檜〉は〈サーバスの森〉を出た後、北へ真っ直（ます）ぐ〈連峰〉に向かう途上にあった。

現実のアローディアでは多少の誤差があるかもしれないが、件（くだん）の〈万年檜〉は一際（ひときわ）高い背丈を持つ、目立つ場所（ランドマーク）だ。

付近までくれば、目視できるに違いない。

なので九郎は〈樹海〉へ来ても、北へ北へと探検しているのだが――

この「真っ直ぐ進む」というのが、ゲームのようにコンパスが表示されず、まともな道すら存在しない、このエリアでは厄介だった。

知らず北東や北西へ曲がっている可能性や、下手をすると樹海で迷う恐れもある。

前近代の旅人のような、太陽の位置から正確に方角を割り出す術もない。

遥かに見える〈タチアナ連峰〉のおかげで、真西や真東などトンチンカンな方角に進むことはないだろうが、それでも人情としては「真っ直ぐ」に〈万年檜〉を目指したい。

そこで先日、思い立ったのが、ゲームでは不可能だった荒業である。

『果断なる意志よ！』

と九郎は呪文を唱え、《マナブレイド》で前方の木を、五本まとめて切り倒す。

また後ろを振り返れば、同じく切り倒された無数の木が転がっている。

それも〈サーバスの森〉からここまで、樹海を貫くが如く一直線にどこまでも。

つまりは「道がないなら作ればよかろうなのだ」精神で、魔法を使って無理やり切り拓いているのである。

真っ直ぐ続く道を後方確認することにより、その延長線上にある木々だけを除いていけば、方角を誤ることは絶対にない。

オブジェクトが破壊不能な《アローディア》では、端から思いつかなかっただろう。

だがこの異世界では、もっと頭を柔軟にしなくてはならない。ゲーム知識を誇ってもいいが、ゲーム的な思考法に凝り固まっていては、いつか痛い目を見るだろう。

そう反省した九郎が早速、リアルならではの工夫を実践中というわけだ。


「今日はどれくらい進めるかな～♪」

行く手の邪魔な木々を、《マナブレイド》でバッタバッタと切り倒しながら、九郎は歩く。

「いつかこの道が〈クロウ街道〉とか〈ドージョージ街道〉って呼ばれるようになったりして！　かーっ。まーた俺、歴史に名前遺しちゃうかー。かーっ」

自分に酔い痴れ、調子に乗った台詞を叫ぶ、中二病患者。

と――

魔力で強化された義体の鋭敏な感覚が、迫る何者かの気配を捉えた。

九郎は足を止め、表情も引き締め、周囲を窺う。

大量の木を切り倒す轟音を聞きつけ、モンスターが寄ってくることがしょっちゅうなのだ。

それを返り討ちにしてドロップアイテムを集める、一石二鳥作戦なのだ。

「隠れてないで、出てこいよ！」

気配のする方――左斜め前方の、一際幹の太い大木の陰へと、九郎は挑発する。

いたって真剣だが、台詞はやっぱりカッコつけてる中二病患者。

さて、どんなモンスターが出てくるかと待ち構えることしばし——

「やるな、魔術師殿。息を殺していたつもりなのだがね」

木陰から出てきたのは、なんとモンスターではなかった。

勇ましい装束をした、妙齢の美女だった。


鳶色の長い髪を、邪魔にならないよう後ろでまとめた、機能的且つオシャレを捨てないヘアスタイル。

銀色の胸当て、籠手、脛当てと、人体の要所を守りつつ軽量性も重視した、旅慣れた装備。

腰に佩くのは恐らく〈烈風剣〉という、中レベル帯のプレイヤーが好んで使っていた武器だ。

拵えがゲームで見たのと一致した。

ただの剣士ではない、高貴さと裕福さがこれでもかと漂う、凛とした佇まいの人物だった。


（おっ——女騎士さんの実物キター！）

と九郎は興奮を禁じ得ない。

しかし、喜んだのはそこまで。

彼女がやや呆れた様子で言ったのだ。

「ひどく大きな音がすると様子を見に来てみれば、破天荒なことを考えるものだな、魔術師殿。〈クロウ街道〉か、いい響きだ。完成の暁には、私から陛下に申請して差し上げようか？」

（恥ずかしい独り言聞かれてたあああああああ⁉）

九郎は頭を抱え、穴があったら入りたい気分になった。

†

しかし妙齢の女性が〈サーバスの樹海〉で、しかも独りで何をしているのだろうか？

「私はさるやんごとない女性にお側仕えする騎士で、主の命を受けてモンスター素材を集めに来ている。私のことはそうだな……ミリアムとでも呼んでくれ」

本当に女騎士さんだった彼女は、すぐに事情を教えてくれた。

でも偽名なのは隠そうともしなかった。

（やんごとない女性って誰だろうな？）

と九郎はゲーム内の記憶に当たる。

普通に考えれば〝女王ディマリア〟や〝おてんば姫キャロシアナ〟辺りか。

しかしプレイヤー間で大人気の公爵令嬢、〝黒魔術姫ノワ〟だって尊貴な身分に違いない。

いや、別に貴族なら伯爵令嬢や男爵夫人だって、充分やんごとないのでは？

さらにいえば〈神聖王国圏〉だけでも大小十二の国家が存在するので、他国から旅してきている可能性を考慮すれば、もはや絞り込むのは不可能に思えてきた。


ともあれ女騎士さんが名乗ったので、こちらも自己紹介をする。

「俺は道成寺九郎っていいます。あ、九郎の方が名前です」

「ほう、姓が先に来るのは珍しい。顔の趣もこの辺りの者と異なるし、遠方から来られたか？」

（どうせ俺は平たい顔族ですよ！）

と内心拗ねつつ、事情を打ち明ける（メルティアにも口止めされていない）。

「遠方ってか、日本ていう異世界の国から来ました」

「なんと！　ではメルティア様が探し求めていらっしゃった、偉大な魔術師殿が御身か！」

「エッこの話有名なの⁉」

「有名ではないが、やんごとない女性にお仕えしていると言っただろう？　だからクロウ殿が召喚された事情も全て存じている。いずれ復活する魔王に備え、〈究極魔法〉の創造を異世界の魔術師殿に依頼するのだとな」

「ですすっ、そのために今は〈樹海〉を探索中で」

「なるほど。何か入用であれば是非、申しつけて欲しい。〈神聖王国〉の王侯貴族は皆、可能な限り御身に協力する所存だ。もちろん、この私を含めて」

と女騎士さんは自分の胸に手を当て、申し出てくれた。

大変ありがたい話である。

「でも俺、社交界のおつき合いとか、そういうの無理で……。なるべく自力で頑張りたいので、そっとしておいて欲しいっていうか……」

「ハハ、なるほど！　私も堅苦しいのは嫌いだし、こうして自由に旅する方が好みだ。クロウ殿の気持ちはわかるし、うむ、主以外には他言しないと約束しよう。その主にも、御身の意向を伝えておこう」

「あざーッス！」

この人メッチャ話わかるじゃん！　と九郎は感激する。

「だが、私には何か協力させてくれるだろう？　ここで会ったのも何かの縁だ」

「いいんスか？　ミリアム……さん？　もお仕事中なんでしょ？」

「主の命は焦ってても仕方のない類のものだ。だから今日は御身の都合を優先しよう」

「あーざーッス！」

この人メッチャいい人じゃん！　と九郎は感激する。

「だったら俺、旅の女神像を探してるんだけど、多分場所知ってますよね？」

「ああ、それなら私が案内できるぞ」

もしやと思って訊ねてみれば、ビンゴだった。

急ぎでない主命がある＝何日も〈サーバスの樹海〉に通うなら、旅の女神像を利用するのはマストだからだ。

そしてこの女騎士さんは、樹海で迷っている気配がないからだ。

「早速、行こうか？　ここからまだけっこう歩く」

「ラジャっす！　てか方角はわかるんですよね？」

道すらまともにないこの樹海の中、迷わないコツがあったら教えて欲しい九郎。

ところが女騎士さんはきょとんとなって、

「んん？　そんなものは方位磁針を使えばわかるだろう？」

「コンパスあったんかいこの異世界(アローディア)!!」

今までの苦労はなんだったのかと九郎は仰(の)け反(ぞ)った。

ゲーム《アローディア》では標準仕様というか、インターフェースに常に方角が表示されており、方位磁針の類のアイテムが別途に存在していなかったため、てっきり発明されていないものだと思い込んでいた。

（なにやってんの俺！　まだまだ頭が柔軟になってないよ俺！）

とまたしても反省する一方で、

（でも、知らないことが多いからこそ、あちこち見て回る甲斐(かい)があるっつーか楽しいよな）

とも思い直す。
この異世界がなんでもかんでもゲームと一緒で、本当になんでもかんでも知っていたら
——広い世界をわざわざ旅しても、もはやただの作業でしかなく、何も面白くないではないか。

九郎が物思いに耽っていると、

「クロウ殿こそコンパスも持たずに、何を指針に樹海の中を歩いていたのだ?」

女騎士さんがまだ不思議そうに、逆に訊いてくる。

九郎はゴニョゴニョと「真っ直ぐな道を作ればよかろうなのだ」作戦を説明する。

「ハッハハッハ、なるほど!」

女騎士さんは、愉快痛快とばかりに豪快に笑った。

しかし、こっちをバカにする気配は微塵もないので、九郎も嫌な気分にはならない。

むしろ女騎士さんは感心した様子で、

「さすがはメルティア様がお目をつけ、わざわざ異世界からお招きした魔術師殿だ。発想が我ら凡人と違う。破天荒——否、気宇壮大であられるな」

「こんなんでそこまで褒められると逆に恥ずかしいんですけおー……」

「まあ、そうご謙遜あるな。このニアス、感服仕った」

「ミリアムさんだったのでは……?」

「おっと失礼。そうであったな」

（偽名雑だな、この人）

九郎はそう思ったが、野暮（やぼ）いので口には出さなかった。

女騎士さんはまだカラカラと笑いながら、

「では参ろうか。せっかくだ、クロウ殿はそのまま道造りを続け、ついてきてくれたまえ」

「え、でも、歩くのが遅くなるッスよ？」

「構わないよ。女神像まで続く道ができれば、後の旅人が助かることもあるだろう」

「それもそうか！」

「後世の人々が〈クロウ街道〉に感謝し、讃（たた）える様が目に浮かぶようだな」

「それ聞かなかったことにしてぇ！」

女騎士さんは揶揄（やゆ）ではなく、やっぱり大真面目（おおまじめ）に言っていたが、だからこそ九郎は†黒歴史ノート†を絶賛されるようなこそばゆさを覚えた。

まだからかってくれた方が、自分も笑い飛ばすことができた。

†

コンパスを指針に女騎士さんが先導する。

《マナブレイド》で九郎が道を切り拓く。

ただし行く手の木々ではない。

女騎士さんの後をついて、敢えて森の中をしばらく進んだ後で振り返り、通りがかった木々を一気にまとめて切り倒すのである。

独りの時のように行く手の木を切っていると、安全のために完全に倒れるまで待たなくてはいけないが、このやり方なら移動にかかる時間はほぼロスがない。

「ちょっとした工夫でガラリと効率が変わるものだな、魔術師殿」

「コンパスあってこそッスけどねー」

「日暮れに間に合うかどうかやや不安だったが、これなら余裕そうだ」

「そんで〈王都〉に戻ったらなんかお礼したいッス！」

「ハハハ、そんなものは要らないさ。このアローディアのために遥々異世界より来てくれた、御身の篤志に対して私の方こそ報いたいだけなのだからね」

「俺も気持ちの問題ッス！　こんなに早く女神像を見つけられそうで、超感謝してるんで！」

「そうか？　なら美味い酒でも奢ってもらおうかな。いいムードの店があるんだ」

「まままままさかデデデートのお誘い!?」

「ハハ！　クロウ殿がお望みなら、そのつもりでいてもらっても構わないぞ」

女騎士さんが茶目っけたっぷりに片目をつむる。

（こ、これがオトナの女の余裕！　え、エッチだ……）

純情な九郎などはもう、そのウインク一発でドギマギさせられる。

しかし誘惑を振り切って、

「俺まだ十四なんで酒もオトナのデートもまだ早いッス！」

「何を言うか、魔術師殿。男子十四ならとっくに結婚していてもおかしくない、立派な歳(とし)だ」

「異世界の常識感覚(コモンセンス)スゲエエエエエ!?」

――などと。

談笑も弾(はず)み、半ばピクニック気分で、九郎は〈乙女の湖〉を目指した。

初対面ながら、女騎士さんはとても話しやすい相手だった。

ただ、後ろで木が倒れる音がずっとうるさいので、お互い大声にならないといけないのが、面倒というか滑稽(こっけい)というか。

そして、楽しんではいても油断してはいない。

ここがモンスターの徘徊する危険地帯だというのは、二人とも承知している。

今もじっとりとした視線が、自分たちに張り付いていることにも、気づいている。

狼(おおかみ)に似たモンスターが森に紛れ、遠巻きにこちらを観察しているのだ。

名前は〈ファミリア・ウルフスカウト〉。

ゲームでのレベルは三十六から四十。

プレイヤーの強さを推し量り、〈ファミリア・ウルフパック〉という同胞らを呼び集めて、襲い掛かってくる。

しかし、勝負になりそうな数を集められない場合は、こちらを監視するだけで襲ってこない。

九郎はそのことを知っているし、女騎士さんも同様なのだろう。

見られているだけの間は別に相手にしないし、いちいち目くじらを立てていたら疲れる。

まして道なき樹海で深追いするなど論外、自ら迷いに行くようなものだ。

ただ、一点だけ確認しておきたいことがあって、

「『ミリアム』さん？　『ニアス』さん？　――はなんの素材を集めてんスか？」

それが〈ファミリア・ウルフ〉系のドロップアイテムなら、狩りにいってもよかった。

果たして女騎士さんは特に隠しもせず、あっけらかんと教えてくれる。

「〈ヴァンプリック・ムース〉が落とす〈角〉だ」

「ああ、あれスね」

と九郎も相槌を打つ。

〈ヴァンプリック・ムース〉とは、吸血鬼化したヘラジカのような魔物だ。

レベルは三十一から三十五で、〈樹海〉の中では最も弱いモンスターの一種。

ドロップする〈吸血ヘラジカの角〉は主に練金素材として使われ、様々な医療薬や強壮薬（ただしどちらも劇薬）の元となる。

ゲーム《アローディア》のモンスターはプレイヤーを見たら、襲ってくる（アクティブ）か襲ってこない（ノンアクティブ）かの二種類がいたのだが、〈ヴァンプリック・ムース〉は恐ろしげな名前に反して後者。

設定考察班曰（いわ）く、「草食動物で牙がないから血を吸えない」「だから、他（ほか）の動物を吸血鬼化することもない」「祖となる吸血鬼（ヴァンパイア）からすれば、ネズミ算式に眷属（けんぞく）が増えて生態系崩壊になる恐れがないので、安心して狩猟できる対象なのではないか」とのこと。

なるほど、納得できる話である。

「じゃあ、見かけたらついでに狩りますか？」

と九郎は提案。

襲ってこない（ノンアクティブ）モンスターなので、狩るならこちらから仕掛ける必要があるのだ。

リアルのアローディアでも同様なのは、ここ数日何度か遭遇したから確認できている。

「いや、そのお気持ちだけでけっこうだよ、クロウ殿」

女騎士さんは笑顔で、だがきっぱりと断った。

「主命とはいえ、救世（きゅうせい）の英雄たる魔術師殿のお手を煩（わずら）わせてしまったら、その主から叱られてしまうよ」

「英雄なんてそんな……」

九郎は面映ゆくなって頰をかく。

この女騎士さん、人を褒め殺しにする天才かもしれない。


と――九郎は頰をかく手を止めた。

女騎士さんの笑顔も消えた。

周囲の空気が、物々しいものに変わったからだ。

四方八方、樹海の奥から奥から、狼に似たモンスターどもが、足音もなくやってくる。

〈ファミリア・ウルフパック〉どもだ。

さっきの〈偵察役〉が勝てると確信できるだけの戦力が、ついに集まったのだろう。

「……多いな」

と女騎士さんが言った。

声には緊張を孕んでいた。

「確かに」

と九郎も首肯した。

これだけ密度の高い敵意に囲まれるのは、〈サーバスの樹海〉に来て初めてだった。

〈ウルフパック〉どもがいったい何匹いるのか、数える気にもなれない。

連中は未だこちらを遠巻きにしつつウロウロと、値踏みするように角度を変えて窺いながら、静かに圧をかけてくる。

盛んに吠えかかられるより、よほどに恐い。

「……魔術師殿。私が突破口を斬り開く」

女騎士さんが腰の物に手をかけ、押し殺した声で言った。

そこから一緒に逃げ出そうという提案だ。

あるいは彼女だけ残り、九郎を逃がすために囮になってくれると、そんな悲壮な覚悟さえも漂わせている。

「いや、こいつらから逃げるのは無理ですよ」

九郎ははっきりとした声音で断言した。

〈ウルフパック〉の足は速い。しかも、樹海の悪路をものともしない野生がある。

魔力で強化された義体の逃げ足を以ってしても、追い付かれるのは必至だ。

「私とてそれは承知だ！　しかし御身が道半ばで斃れては、メルティア様のご意思は叶わず、ひいてはアローディアの未来も危うくなる！　だから、せめてクロウ殿だけは――」

「どうせ覚悟を決めるなら、戦いましょうよ」

九郎は彼女に皆まで言わせず、より強い語気で言い切った。

女騎士さんの気持ちはうれしいが、だからこそ彼女を囮になどするわけにはいかない。

（この人を死なせるなんて論外！）

だから九郎は呪文を唱える。

『騎士の如き驍勇(ヴァラ・シュヴァラレスク)を！』

得意の《フルフィジカルアップ》によって身体能力全般を強化し、戦いの火蓋(ひぶた)を切る！


一方、狡猾(こうかつ)な〈ウルフパック〉どもは、九郎が魔法を使うのに応じ、様子見をやめた。

「オオオオオオオオオオオオオオオオオオオオオン……！」

「ガウガウ！」

「ガアアアアアアアアアッ!!」

〈ウルフスカウト〉の遠吠えが合図、一斉に吠えたてながら襲い掛かってくる。

まさに十重二十重(とえはたえ)と九郎たちを包囲した状態から、波状攻撃をしかけてくる。

見事な連携だ。これが集をなした時の〈ウルフパック〉の恐ろしさだ。

しかし女騎士さんは怯(ひる)まなかった。

「わかった、私も肚(はら)を括(くく)ったぞ！」

勇敢に腰の物を抜き放ち、迎撃せんと雄々しく構える。

正面は任せろとばかりに体を張り、また狼どもとまだ間合いが遠いうちから剣を振る。

「せえええええええええええッ」

裂帛の気合。

同時に振った彼女の刀身から、暴風が吹き荒れる。

正面から迫り来る〈ウルフパック〉五匹を、刃と化した風でまとめて斬り刻む。

やはり女騎士さんが持つのは〈烈風剣〉だった。

前衛職にも魔力という〈ステータス値〉は、乏しいながら存在する。

ゲームではそうだった。リアルでもそうらしい。

〈烈風剣〉はその魔力を元に刃の風を巻き起こし、範囲攻撃を可能とする魔剣だ。

女騎士さんはさすが単身で〈樹海〉に来るだけあって、レベルの高さを窺わせた。

〈烈風剣〉の一振りで、四匹を仕留めた。

だが生き残った一匹が、死に物狂いで彼女に躍りかかろうとする。

さらに言えば、全方位から襲来する無数の〈ウルフパック〉に対し、前衛職が一人きりでは
あまりに無力。壁役にもならない。


ゆえにこの場を凌ぐは魔術師の役目！

『ザイムザイム・ルー……雷神の威は百害を寄せつけじ！』

九郎は魔力を練り上げ、レベル八十三で習得した攻性防御魔法《サンダーサークル》を発動。女騎士さんとどもを守る紫電の壁が、円周状に発生する。

突進中だった〈ウルフパック〉どもは堪らないだろう。突如として現れた稲妻の障壁に、頭から突っ込んで感電していく。

まさに飛んで火にいる夏の虫―― 狼どもの連携攻撃は包囲の密度といい、一斉にかかるタイミングといい、完璧だったからこそ逆に致命的となった。

次から次へと電流の壁にぶち当たり、黒い煙と化して霧散していった。

死ななかった狼もわずかながらいたが、〈重麻痺〉状態となり動けなくなった。

後続の狼どもは急ブレーキが間に合って、なんとか死の突進を免れていたが、そのころにはもう〈ウルフパック〉の数は半減していたのである。

「おおっ……なんと鮮やかな逆撃か！」

女騎士さんが九死に一生を得たとばかり、武者震いしながら快哉を叫ぶ。

実際、飛び込んでこなかった狼どもは、明らかに及び腰になっていた。同胞の犬死にを見て、戦意喪失していた。その中には〈ウルフスカウト〉の姿もあった。

だが九郎は女騎士さんへ警告を叫ぶ。

「まだッス！　まだ終わってない！」

闘志を維持し、さらに燃やし、〈魔法媒体〉の指輪をつけた右拳を握り締め、魔力を練る。

ほぼ同時に、森の奥から新手のモンスターが現れた――


身の丈五メートルはあろう、巨大な羆の如き魔物だ。

双眸に比喩抜きに赤い光を点し、爛々と輝いている。

名を〈ヴァンプリック・グリズリー〉。

ゲームでのレベルは最大で六十！

個体数こそ少ないものの、この〈樹海〉最強格の捕食者だ!!


そいつの圧倒的なプレッシャーに、九郎に遅れて気づいた女騎士さんも叫ぶ。

「ダメだ、クロウ殿！　こいつは戦って勝てる相手ではない！　今すぐ逃げてくれ、頼むっ」

言って自らは〈ヴァンプリック・グリズリー〉に突撃する。

「待って、『ミリアム』さん！」

と九郎が止めても聞いてくれない。

恐怖を体現するが如き羆の魔物――その巨軀を見ただけで、〈ウルフパック〉どもが大慌てで尻尾を巻くほどの相手――に、いっそ健気なほどに勇気を振り絞って斬りかかる。

剣光一閃。

両腕を広げて威嚇する〈グリズリー〉のその広い胸に、斜めに太刀筋が刻まれる。

その傷の大きさ、深さはまさしく女騎士さんの確かな実力を示すものだ。

しかし、〈ヴァンプリック・グリズリー〉の〝次元〟には遠く及ばなかった。

吸血鬼化した魔物特有の〈再生〉能力で、みるみる傷が塞がっていった。

女騎士さんにとっては決死の一撃でも、〈グリズリー〉には避ける必要すらなかったのだ。

「なっ……」

思わず身を強張らせ、絶句する女騎士さん。

巨軀の魔物と対峙する彼女の背中に、九郎は絶望の色と死相を見た。


でもその時には、《ブルーライトニング》が完成していた。


『そは劈くもの！　青く閃く天の裁き！』

義体と《フルフィジカルアップ》による超人的な身体能力で九郎はダッシュ、一瞬で加速、刹那の助走のみで大ジャンプ。

魔物の巨軀の上から見下ろし、右手を翳し、その高さ、その掌から蒼き稲妻を撃ち放つ。

女騎士さんの頭越し、魔術師の嗜み、味方を巻き込むことなく攻撃する。

咆(ほ)え猛(たけ)る電撃が、彗星(すいせい)の如く一直線に尾を引いて、〈グリズリー〉へと墜落(ヒット)する。

そのわずか一撃――

〈樹海〉最強格のモンスターは、骨の髄まで炭化した後、黒い煙となって霧散した。

残ったのは牙の部分だけ。

「やりっ、ドロップした！」

地面に落ちたそれを、地面に着地した九郎は、いそいそと〈アイテムボックス〉に仕舞う。

「いやーラッキ、ラッキ。こりゃ『ミリアム』さんの運にあやかったかな～」

ホクホク顔になって、幸運の女神様ならぬ女騎士さんを振り返る。

そんな九郎の顔を、彼女はしばしまじまじと凝視していたが、

「ご無事で何よりだ……クロウ殿……」

安堵(あんど)してその場にへたり込んだ。

「『ミリアム』さんこそ大丈夫⁉」

「腰が抜けた……」

言って女騎士さんは九郎の腰に、しがみついてくる。

綺麗(きれい)なお姉さんに密着されてもドキッとしなかったのは、胸当てがゴツゴツするだけで全くうれしくなかったからだ。

女騎士さんはこちらへ寄りかかったまま、

「魔術師殿も人が悪いっ。勝てる相手なら最初から言っておいて欲しい。アローディアの未来に不可欠な御身を守らんと、私が命を擲つ覚悟であったこと、クロウ殿はご承知だろうか？」

「でも俺、待ってって言いましたよね⁉」

「御身は意地が悪い男だ……っ」

九郎の腹に頬ずりをしながら、グチグチと責めてくる女騎士さん。

でもこれは、別に怒っているわけではない。

むしろ拗ねて、甘えているのだ。

九郎が決して保護対象などではなく、逆に頼ってもいい「男」なのだと、認めてくれた証拠。

ああ、綺麗なお姉さんに甘えられるというのは、悪くない！

「クロウ殿に酒を奢ってもらうどころか、命を助けられた私の方が奢らねばならぬな」

「いやそれはお互い様ってことで、帰ったら祝杯上げましょうよ！　俺飲めないッスけどっ」

「ハハハハ！　〈ヴァンプリック・グリズリー〉を一蹴するほどの英雄殿が、酒も飲めぬとは本当に信じがたいよ」

女騎士さんが頬ずりをやめ、九郎の腹に顔を埋めたままじっとなった。

いきなり会話が途切れ、九郎はどうしていいのか途方に暮れた。

心なしか、彼女の頭を抱きかかえるようにと、無言の圧をかけられている気がした。

おっかなびっくり従った。

正解みたいで、女騎士さんは怒るどころか満足げだった。

腰が抜けたまま、なかなか立てない彼女と抱擁を続ける。

〈サーバスの樹海〉（こんなところ）で何をしているのだろうかと思いながら。

今度こそ照れながら。

†

《マナブレイド》が幹を断つ鋭い音が連続し、木々が倒れる重低音が木霊（こだま）する。

しばらくして九郎たちは再び女神像を目指し、また道造りを続けていた。

移動中の、大声での談笑もだ。

「ではクロウ殿の目的は、〈ヴァンプリック・グリズリー〉の乱獲だというのか⁉」

「ですです。女神像を探しているのも、〈樹海〉へ通う時間を短縮したいからなんだ」

「なんとまあ……」

九郎の説明に、女騎士さんがもう呆れ返った。

この半月というもの、九郎が集めまくっていた〈牙〉とは、実は〈飛兎（とびうさぎ）の牙〉ではない。

〈サーバスの樹海〉最強格の魔物が落とす、〈吸血熊の牙〉だったのだ。

とある武器を制作するために、このモンスター素材が大量に必要だった。

「エリア最強格のモンスターは比較的素材のドロップ率が高いんスけど、そもそも数がいないんで、毎日三匹くらい狩ってやっと十本集まったんス」

「あの〈グリズリー〉を日に三匹……」

「ちょいコツがあって、あいつらは〈ウルフパック〉が襲ってる獲物を、横取りする習性があるんス。だからまずは大きな音を立てて、〈ウルフスカウト〉を誘き寄せて、わざと襲われるところから始めるんス」

「あの厄介な貪狼の群れをわざわざ……」

「まあ〈眷属狼の牙〉や〈毛皮〉もかなり高く売れるんで、ついでに集めたら金策になったス」

「ついで……あいつらがついで……」

女騎士さんは急に足を止めると、瞑目し、天を仰いで詠嘆した。

「メルティア様ほどのお方が、お手間をかけて異世界から魔術師を招聘する――その意味を、私は理解しているつもりで全く理解できていなかったのだな……」

アローディア人の尺度で、九郎を測ろうとしたのが間違いだった。

命を賭して守るだなんだと、大騒ぎしたのが不明だった。滑稽だった。

そう言わんばかりの女騎士さん。

「いやまたそんな大袈裟な」

「大袈裟なものか！　〈王都〉の筆頭宮廷魔術師とて独りでは、〈グリズリー〉はおろか〈ウルフパック〉に襲われても、ひとたまりもあるまいよ」

「でもメルティアさんに聞いたんスけど、先代さんは確か《ブルーライトニング》が使えたんでしょ？　なら《グリズリー》も余裕では？」

「ご先代は〈ヴェロキア〉の魔術振興のため、陛下が三顧の礼を以って迎えたハイエルフだ！御歳八百歳！　二度の魔王軍との大戦も経験した大賢者だ。およそ常人ではない」

大興奮でまくし立てる女騎士さん。

もっと落ち着いた物腰の女性だと思っていたが、案外、九郎の前で格好つけていただけなのかもしれない。

そして、もう取り繕う気がなくなったと。

一方、九郎は噛みしめるように、

「でも『ミリアム』さんが仰ることもわかるス。コンパスを知らなかったのもそうだけど……俺もゲームの尺度だけで測ってたら、この世界のことがわかってるようで、わかってないってことが多々あって、痛感中」

「なるほど……。しかし魔術師殿の場合は私と違い、賢者たちの悟りの境地の如く深淵な次元で、理解と不理解に迷っておられるのだろうな」

「だからそれ大袈裟すぎィ！」

女騎士さんの褒め殺しの才能が、モンスターとの戦いを経て、いよいよ歯止めが効かない。


そんな四方山話（よもやまばなし）をしながら歩いて、どれだけ進んだだろうか？

女騎士さんがふと足を止めた。

「どうしたんスか？」

「クロウ殿、あの〈万年檜〉が見えるだろうか」

「おー」

枝葉を張る前方の木々が邪魔をし、いまいち空が見えづらいのだが、女騎士さんが指し示す方角へ目を凝らすと、確かに冗談じみて背の高い古木が一本、聳（そび）え立っているのが見えた。

九郎が探していた目印（ランドマーク）だ。

いよいよ〈乙女の湖〉も近いと、女騎士さんはそう言いたいのだろう――

九郎はそう考えて、だが推測を外した。

女騎士さんは急に深刻な顔つきになって警告したのだ。

「クロウ殿は私如き浅学の常識では測りきれない、破格の魔術師だ。ゆえにこれから私が話すことは、またも的外れかもしれない。その上で忠告させて欲しい」

「もちろんッス。俺を思ってのことだって、ちゃんとわかってるんで」

「ご賢察、痛み入る」

九郎が親指を立ててみせると、女騎士さんもフッと微笑しながら礼を言う。

そして――

「あの〈万年檜〉の付近は〈ウルフパック〉や〈グリズリー〉すらも凌駕(りょうが)する、極めて強力なモンスターの狩場だと言い伝えられている。だから、絶対に近づかないで欲しいのだ」

（ああ、やっぱそこもゲームと同じなのか）

女騎士さんの話を聞いて、九郎は内心うなずいた。


ＲＰＧではありがちな仕様だが、《アローディア》では〝二つ名持ちの魔物(ニックネームド・モンスター)〟と呼ばれる、そのエリアの適正レベルからはかけ離れた強さを持つ、特殊モンスターがいた。

件の〈万年檜〉の付近に出没するＮＮＭ(ニックネームド・モンスター)を、〝半人半妖の吸血姫リリサ〟という。

ゲーム内でのレベルは八十五という高さで、中級プレイヤーではレイドを組んでも敵(かな)わない。

眷属(ファミリア)である〈ウルフパック〉を際限なく呼び集める他にも、厄介な特殊能力をとにかく多種多様に持っていて、一部プレイヤーには「初見殺し」などとも呼ばれていた。

しかし九郎はもちろん、ソロで撃破したことがある。

そして恐らく、このリアルのアローディアでも勝てる。

メルティアがこの異世界のチュートリアルとして設計したゲーム《アローディア》において、各モンスターたちに設定されていたレベルは決して適当ではなく、リアルにおける強さの指標としても極めて正確なのではないか？

〈スカイバニー〉から始めて、様々なモンスターと戦ってきたこの半月で、九郎はその推測が確信に近づきつつあった。手応(てごた)えがあった。

またその基準でメルティアは、九郎のことを――この異世界へ召喚するに足る日本人を――〈レベル一〇〇〉相当と見積もっていると感じた。

であればＮＮＭ(ニックネームド・モンスター)とはいえレベル八十台のリリサに、九郎が負ける道理がない。

（ま、理屈の上ではそうでも、現実にどうかは試してみないとわかんねえけど）

今はまだ地固めのターン。

〈吸血熊の牙〉も集まりきっていない。

いつかは挑戦するかもしれなくても、まだその時ではない。

九郎は根っからのゲーマーであってギャンブラーではない。

しなくてもいい博打(ばくち)は決して挑戦などではない。

ゲームは計画を立てて、それが図にハマるから面白いのだ。

運否天賦(うんぷてんぷ)じゃないからこそ、失敗のたびに学びがあり、再挑戦に燃えるのだ！

「了解ッス。〈万年檜〉には近寄らないようにする」

「ああ、是非そうして欲しい」

「ところで〈サーバスの樹海〉にはもう一つ、超ヤバイ場所があるのはゴゾンジ？」

この話の流れで、九郎もゲーム知識を女騎士さんに伝えることに。

彼女は〈吸血ヘラジカの角〉集めで、まだまだ〈樹海〉に通うはずだからだ。

女騎士さんも心当たりがあったようで、

「まさか伝説の〈吸血城〉か？　実在するのか？」

「俺もこの目で確認したわけじゃないけど、十中八九」

「もしやメルティア様から聞いたのか？」

「まあ実質」

「さすが神族のお方は知識の宝庫でいらっしゃるな。あるいは千里眼の秘術かもだが」

女騎士さんは感嘆(かんたん)して唸(うな)った。


ゲームにおける〈吸血城〉は、〈万年檜〉からさらに東に位置していた。

樹海の中、いきなり霧が立ち込めるその先に、古色蒼然(こしょくそうぜん)と聳え立つ。

別に設定考察班でなくとも、〝吸血姫リリサ〟の棲み処だというのは想像に難くないだろう。

ただ正味の話で内部がどうなっているのかは、知るプレイヤーはいなかった。

〈城〉の門は常に固く閉ざされ、侵入不能エリアとなっているからだ。

いずれはバージョンアップにより、新ダンジョンとして解放されるのだろうと噂されていた。

当時は九郎もそう思っていた。

だが現在は考えを改めている。

あのゲームがこの異世界のチュートリアルだった以上、城内に入ることができなかったからには、きっとメルティアの意図があるはずなのだ。

例えば神族をしても、中の構造を把握できていないだとか――

例えば最高レベルの魔術師といえども、危険すぎる場所だから立ち入らぬよう、教え諭しているだとかだ。

そして九郎は、恐らく後者だと思っている。

この広いアローディア世界を、忠実にゲーム化してみせた（デフォルメこそ加えているが）メルティアが、〈吸血城〉の内部だけ知らないというのは考え難いからだ。

と――それらの説明を一から十まで、女騎士さんにするわけにはいかない。

別に秘密ではないが、ゲームやメタ的な話をしても彼女にはチンプンカンプンだろうから。

とにかく九郎でも危なくて絶対に近寄りたくない場所だと、そこを強調して伝えた。

「承知した。〈万年檜〉より東には行かないことにしよう」

と女騎士さんも大いに理解してくれた。

互いにアドバイスし合った二人は、笑顔を交わす。

心置きなく、移動と道造りを再開する。

そしてほどなく、目的地へとたどり着いた。

前方が急に眩しくなったかと思うと、やがて樹林が開け、鏡のように美しい湖が現れたのだ。

その澄んだ水面が陽光を照り返し、九郎の目に煌々として映ったのだった。

「おおー！」

と思わず歓声を上げる。

軽い感動を覚えていた。

初めて訪れたリアルの〈乙女の湖〉はその名前の通り、人の手が入っていない原始の匂いが濃いというか、神秘性を強く残したロケーションだった。

アローディアの一般人には、〈樹海〉の中をここまで来るのがハードル高いのだろう。

ゲームでは釣り場のメッカで、プレイヤーが常時うじゃうじゃいたのとは大違いだ。

しかし実際女騎士さんが、畔にある旅の女神像を指しながら、

「ミケノンナ様の守護がある場所は、モンスターも寄り付かない。クロウ殿もそのうち時間が

あったら、釣竿を持ってきては如何か？　魚たちがまるでスレてないから爆釣だぞ」

「いッスね！　なる早やで時間作ろ」

九郎は喜色満面、同意した。

〈サーバスの森〉からここまで《マナブレイド》で切り拓き、舗装もされていない粗雑な代物ではあるが、一応は道を開通させたばかりだ。

いずれは多くの旅人がこの湖を訪ね、純潔を冠したその名も変わってしまうかもしれない。だから魚たちがまだ警戒心ゼロのうちに、遊びに来たい。

「そん時はぜひ『ミリアム』さんも一緒に！」

「ほう、釣りデートか。魔術師殿のお誘いならば光栄だし、趣味でもある」

「た、ただ普通に遊ぼって誘っただけなのにっ」

「そして私のような美女が釣れた、と。オチがついたな、ハハハハハ！」

「アハハ……」

自分のジョークで豪快に笑う女騎士さんに、九郎は苦笑いさせられる。

でも心は浮かれている。

ようやく〈樹海〉の女神像を見つけることができたというのが、原因の一つ。

何より、こんな美人で気持ちのいい騎士さんとお近づきになれたのは、とんでもない幸運に違いないのだから！

†

〈万年檜〉という名は、さすがにサバを読んでいる。

その古木の樹齢は八千を数えるが、五桁には達していない。

高さは地球の尺度で三百メートルを超える。

そんな〈万年檜〉の頂付近に、小柄な人影があった。

全身を覆い隠すように黒い外套を纏い、フードを目深にかぶっている。

ゆえに、仮に誰かがその姿を発見しても、容貌は窺い知れないだろう。

陰になったフードの下で、赤光を点した瞳だけが二つ、爛々と輝いていた。

魔力を凝らしたその目で、二キロ先の光景を見晴るかしているのだ。

「ふーん。おかしな奴がいると思ったら、あれがメルティアの探していた魔術師かしらね」

不気味な風体からは想像もつかない、可憐な少女の声がフードから漏れる。

ひたと見つめているのは、破天荒なやり方で〈樹海〉に道を切り拓く少年魔術師だ。

隣にいる女騎士のことは眼中にない。

「帰って母上に報告しなくちゃ。我の眠りを醒ますなって怒られそうだけど、黙ってたら後でもっと叱られるものね！」

独白しつつ、ニィッと口角を吊(つ)り上げる。
するとフードの下で、二本の牙が覗(のぞ)いた。

第六章 九郎、思いの丈を叫ぶ

さらに二週間が経った。

九郎が異世界アローディアに来てから、もうすぐ一月ということになる。

「何かお祝いをしましょう」

と、銀髪メイドさんが言ってくれた。

「そんな理由でしてもらっていいの⁉」

と、九郎はうれしくて堪らなかった。

セイラはもちろんですよとうなずくと、澄まし顔で、

「ただし、エッチなお祝いはダメですよ?」

「誰も一言もそんなことは頼んでないよね⁉」

「クロウ様はエッチなお祝いなんて、別にうれしくないと?」

「誰も一言もそんなことは述べてないよね⁉」

「正直で感心しましたので、それはクロウ様が二十歳になるお祝いの時にとっておきましょう」

(早く二十歳にならないかな!)

——と、この日も朝からセイラとの刺激的なトークを楽しんでいた。

二十歳になるころには、この銀髪メイドさんに振り回されない、オトナメンタルになれたらいいなと願いながら。

なお九郎は——たとえ明日、〈究極魔法〉を編み出すことができたとしても——飽きるまでこのアローディアに滞在するつもりだった。


朝食のニジマスの塩焼きに舌鼓を打ち、セイラが淹れてくれた紫茶（パイナップルのような風味がある）で食休みをした後、九郎は出発の準備をする。

この二週間は毎日〈サーバスの樹海〉に向かい、モンスターの乱獲をしていた。

今日もその予定だった。

「また例の女騎士殿と待ち合わせですか？」

セイラが玄関前まで見送ってくれながら、スケジュールを確認してくる。

「うん。昼十の鐘で、ミケノンナ様のお社に」

九郎は弁当籠を受け取りつつ、答える。

ちなみにゲームでは方角同様、インターフェースに表示されていたアローディア時刻だが、リアルではコンパスと違い、携帯できるサイズの時計も存在しなければ、そもそも庶民の手に届くような日常品ではなかった。

しかし、正確な体内時計を持つ種族がけっこういて、アロード神族などその最たるもので、〈王都ヴェロキア〉では〈大神殿〉の鐘楼(しょうろう)が時報を鳴らしてくれる慣習となっていた。

そんな九郎の返事に、セイラがにわかにジト目になって、

「昼十にはまだ早いというのにまあ、いそいそと。女騎士殿とのデートが、よほど楽しみで仕方ないご様子ですね」

「デートじゃないよ⁉　毎日一緒にモンスターを狩ってるって言ったよね⁉」

「つまり魔物狩猟デートだと」

「そんな殺伐としたデート、俺(おれ)ヤダよ⁉」

セイラのひどい言いがかりに、九郎は全力で潔白を訴える。

しかし彼女は聞き入れてくれず、

「では女騎士殿とわざわざ一緒に、狩りに行く必要はあるのですか？」

「どうせ狩るエリアはおんなじなんだし、効率いいじゃん。欲しい素材は棲(す)み分けできてて、取り合いにもならないし」

「ですが、〈吸血熊の牙(きば)〉はもう必要数がそろったとお聞きしましたが？」

「女騎士さんが欲しがってる〈吸血ヘラジカの角〉が、あとちょっと足りないんだよ」

「それをクロウ様がお手伝いする必要があるのですか？」

「いいじゃん手伝ったって！　女騎士さんには世話になったし、あとちょっとのついでだし、

要らない素材を売ればメッチャ金策になるし」

「男の人ってすぐそうやって言い訳を並べるんですよね。浮気の」

「浮気はガチで心外なんだけど⁉」

「この私というものがありながら、飽きたらずに現地妻ゲットですか。〈樹海〉妻ですか」

「女騎士さんが怒るから謝ろ⁉」

「私よりも彼女が大切なんですね。クロウ様はメイドより女騎士フェチなんですね。メモメモ」

「そんな情報は残さなくていいから！」

あと真面目に自分はメイドフェチだと思う九郎。

またわかりやすく顔色に出てしまったのだろう、目敏いセイラがどこか満足げになって、

「今回は許して差し上げます、クロウ様から愛の証のキスをしてくださいましたら」

「ねえマジで玄関前の痴話ゲンカみたいになっててご近所さんにジロジロ見られてるからもうやめない⁉」

ご近所といっても豪放磊落な鍛冶場街の徒弟たちなので、三度の飯より揉め事が好きだし、通りがかりに覗き見するのにも遠慮がない。

セイラが九郎をからかうのが大好きなのはわかる。わかるが、刺激的なトークはせめて家の中でこっそりとやっていただきたい！

「クロウ様は私と真摯に向き合うことより、世間体の方が大事だと仰るのですね、鬼畜っ」

「どう考えても俺の世間体を破壊しようとしてるセイラさんの方がオニチクだよね⁉」

「ああっ急に眩暈が～」

「貧血のふりして強引に誤魔化すのやめよ⁉」

「畏まりました」

セイラはクスリと微笑むと、承知するふりをした。

さらにいきなり瞼を閉じると、謝罪するふりをして、

「では――オモチャにしたお詫びと、行ってらっしゃいませのキスです」

「ファ～～～～～～～ッ⁉」

背伸びしたセイラに、頬に軽く触れるようなキスをされて、九郎は跳び上がる。

通りから見物していた職人たちが、たちまち沸き上がり、口笛を吹いて冷やかしてくる。

「おや。私としたことが、ついはしたないことを。まさかこんな騒ぎになるとは」

(絶対わかっててやった絶対わかっててやった絶対わかっててやった！)

ツッコミたくても声にならない九郎。

純情な十四歳はたったあれだけの軽い接触で、頬に火が点いたような感覚を味わっていた。

セイラの唇の柔らかさを無限に反芻していた。

「――クロウ様。ボーッとなさっておられますが、お時間は大丈夫なのですか？」

「へぁ⁉　あ、うん、そうだねっ」

「逆の頬にも行ってらっしゃいませのキスがご必要ですか？」

「これ以上の刺激は脳がパンクするのでやめてくださいっ」

「クスクス。では、どうぞ無事のお帰りを」

「行ってきまーーーーーッス！」

忍び笑いを漏らしながらも深々と腰を折るセイラに、九郎は手を振って出かける。

庭の外で待ち構えていた職人たちが、一斉に囃し立ててくる。

「よっ、魔術師の若旦那！」

「朝から見せつけてくれンねえ！」

「おれっちもあんな美人なメイドさんを、雇える身分になりてえもんだ！」

「オッサンたちも早よ仕事行けよ!!」

九郎が照れ隠しで怒鳴ると、職人たちはゲラゲラ笑いながら解散した。

(日本で学校の往復とゲームしかしてなかったころは、こんなににぎやかなご近所づき合いはなかったなあ)

そんな感慨をふと抱きながら、早や金槌の音が騒々しい鍛冶場街を駆けていった。

一方――

そんな九郎の背中を見送りながら、セイラは少年の無事を真剣に祈り続けた。

今日だけではなく、毎朝そうしていた。

よほどの大魔術師だとメルティアから聞かされているが――九郎の冒険先での獅子奮迅ぶりを知らない――彼女の目には、恐ろしいモンスターどもと渡り合う姿までは想像できないのだ。

真摯な祈りは、九郎の背中が見えなくなるまで続けられる。

その後はメイドの戦い、家事の時間だ。

掃除に洗濯、買い物に夕飯の支度、やることはいっぱいある。

アローディア世界を護るのが、九郎の役目。

その九郎の家と生活を守るのが、セイラの役目だ。

遣り甲斐があることこの上ない。

「今日の夜はクロウ様の大好きな、牛肉の薄切りを茹でましょうか」

シャブシャブという〈神聖王国〉には存在しない、九郎の故郷の料理だ。

前に一度せがまれて、作った。

ただ日本の調味料（ポン酢とゴマダレ）が手に入らないため、その時はセイラが一工夫した。

鷹の爪で辛味を煮出したゴマ油に、塩コショウで味を、オリーブ油で濃度を整えると、牛肉の薄切り茹でにとてもマッチするタレになるのだ。

「今日はもう一種、ソースを考えてみるのもいいですね」

頭の中でいろいろな素材の吟味と組み立てをしながら、台所へ向かう。

と——

急な眩暈を覚えて、セイラは足をフラつかせた。

九郎の前で都合の悪い話題を誤魔化すための芝居ではなく、本物の貧血だ。

(ああ、いつ、い、いつものですね……)

セイラは咄嗟に壁に手をつき、うんざりとした。

九郎の前では心配をかけぬよう隠しているが、頻繁に貧血を起こす己の体を呪った。

否。

胸中で悪態をついていられるうちは、まだマシだった。

いつ、い、いつもの貧血ならば、軽い重いの差はあれ眩暈を覚えるだけのものが——今日はどうしたことか——全身から力が抜け落ちていくではないか。

壁に手をついても、もう立っていられない。

(そうか……ついにこ、い、この時が来たんです、ね……)

崩れるように廊下に倒れ、そのまま起き上がることができなくなるセイラ。

決して悲劇のヒロインぶるまいと思っていたのに、いざその時となれば目尻に涙がにじむ、
自分の弱さに腹が立つ。

助けを求めようにも声さえ出せず、意識さえ徐々に奪われていく。

まどろむように全ての抵抗を諦め(あきら)る中、セイラは無意識のうちに己の首筋に触れていた。

フリル付きのチョーカーで隠れたそこだけが、ひどく熱を帯びていた――

†

九郎が早めに家を出たのは、何もセイラの言うような、女騎士さんと会うのに浮かれているわけでは決してなかった。

途中、寄り道する場所があったのだ。

しかも徒歩十分のご近所。

小さな工房を構えた鍛冶屋である。

表札には素っ気ない字体で、「鍛冶ギャラモン」と書かれている。

「オヤッサン、おっはよー」

「おう、来たか。坊主」

販売スペースの裏に併設された工房に入ると、店主が苦み走った声で応(こた)えた。

髪も髭(ひげ)も鈍色(にびいろ)のドワーフだ。

亜人種の年齢は見た目で判断するのが難しく、彼のシワだらけの顔は九郎からすれば老人に見えるが、実際このギャラモンはドワーフ基準で若くはないらしい。

しかも鍛冶一筋、六十年の大ベテラン。

九郎もゲーム内でよくお世話になった。

〈鍛冶〉スキルを取得していない自分の代わりに、素材を持ち込んで制作を依頼した。

そう、リアルと違って街並みが大きく簡略化されているにもかかわらず、この店は〈王都〉唯一の鍛冶屋として存在感を放ち、〝ギャラモン〟もＮＰＣとして登場していたのだ。

今ならわかる。

すなわちこのギャラモン親方こそが、メルティアが認める〈王都〉最高の鍛冶師なのだと。


「セイラさんから聞いたッスよ。昨日、連絡くれたんだってね」

「おう。依頼の品ができとるぞ」

「あーざーッス！　こんなに早くできるとは思わなかったよ」

「そりゃ他(ほか)の依頼を、ぜーんぶ後回しにしたからの」

偏屈そうなドワーフが、筋を曲げてまで九郎の頼みを優先してくれたという。

いったいどういう風の吹き回しか？

「おまえさんみたいな若造が、本当にこの世界を救ってくれる魔術師なのかどうか、正直ワシは眉唾よ。だがメルティア様の肝入りとあってはな、無下にできるわけもない」

髭をしごきながら、ぶっきらぼうに答えるギャラモン。

「へぇー。メルティアさんのこと好きなんすねー」

「すすす好きじゃとォ!?」

九郎がなんの気なしに言うと、ギャラモンが度肝を抜かれたように奇声を叫んだ。

しかも髭をしごく力加減を誤って、ブチッとまとめて抜いてしまった。

「痛そう」

「ば、バッカもん！　ワシぁもうジジイじゃ！　それに神族のメルティア様とは身分違いじゃ！　好きも嫌いもありゃあせんわ！」

「いや俺も恋愛感情の好きじゃなくて、敬愛してんスねーって言っただけなのに」

「っ!?　も、もちろんワシもわかっとるわい！　あの方を心から敬愛しとるわい！」

「じゃあ俺なんで怒鳴られたんスか……」

「若造はジジイから怒鳴られるのが仕事じゃい！」

「んな理不尽な」

九郎は口ではそう言うが、内心では「おもしれーオッサンだな」とほくそ笑んでいる。

ゲームではＮＰＣが一方的にしゃべるだけで、こうして会話を楽しむことなどできなかった。

〝ギャラモン〟のことは、偏屈一辺倒の頑固親父だと思っていたのに。

まさか実物がこんなに可愛い生き物だったとは。

「エエから依頼品を持ってけ！　早う失せろ！」

「改めてありがとう、オヤッサン！」

ギャラモンがつっけんどんに差し出した大きな木箱を、九郎は丁重に受け取ろうとする。

そこへ――待ったがかかった。


「礼を言うならそこなドワーフだけではなく、我々にもいただきたいものだな、大魔術師殿」

ダークエルフの美女が、なんとも艶のある声でそう言った。

決して嫌味っぽくはなく、むしろ面白がっている口調だった。

実際その彼女ともう一人は、九郎が訪れる前から工房にいて、しかしギャラモンとのコメディめいたやりとりを、邪魔もせず見物していたのだ。

「もちろんス、ラーナさん！」

と九郎はそちらにも頭を下げる。

このラーナは練金ギルドのサブマスター。

ゲームにもNPCとして登場していて、実はギルド長よりも偉い――隠然たる権力と実力の持ち主だと噂されていた人物だ。

ちなみに設定考察班曰く、アロード神族の薫陶行き届いた〈神聖王国圏〉では、人種差別がほとんどないのだとか。なので〈帝国圏〉等では迫害を受けるダークエルフたちも、〈ヴェロキア〉では安心して暮らせるのだとのこと。

「ラーナさんが協力してくれなかったら、俺がいくら〈吸血熊の牙〉を集めてきても、肝心の素材がなくて武器作り詰んでたッス」

「わかっていればいい。〈触媒：吸生〉の最上物(＋３)なんて、この私でなければ精製できないんだ。しかもこのラーナさんが、今さら誰かの依頼を受けてやるだなんて、まず滅多にないことさね。たっぷりと恩に着ておくれよ、未来の英雄殿？」

「い、いつか恩返しできるような、ビッグな男になってみせるッス……っ」

「そうそう、わかっていればいいのさ」

くつくつと含みありげに笑うラーナ。

いずれとんでもない恩返しを強要されそうで、九郎は正直コワイ。

だが優れた〈練金〉スキルの持ち主と、良好な関係を築いておくことは、冒険を続ける上でとても重要なことなので、逃げるわけにもいかない。

「ウチは別にラーナ姐(ねえ)さんみたいに、恩着せがましいこた言わんよー」

最後の一人――犬人間(コボルト)のジルコが、あっけらかんと笑った。

妙齢（に見える）女性だが、お腹(なか)を揺する動作に合わせて、尻尾(しっぽ)と犬耳がパタパタ動くのがメチャクチャ可愛い。

「ギャラモン親方やラーナ姐さんと一緒に魔剣を作ろうだなんて試み、ウチにとっても初めての機会だからねー。モノ作り人間として腕が鳴ったよー」

と、細腕に見えてしっかり力こぶを作ってみせる。

彼女は彫金ギルドの若きエース。

ゲームでも組合本部に常駐してるNPCで、その容姿も相まってケモナーのプレイヤーたちから絶大な人気があった。

九郎も今回ゲーム同様にお世話になって、高品質の〈ミスリルインゴット＋2〉を用意してもらった。

〈ミスリル鉱〉を掘りに行く時間はなかったから、彼女に大金を預けて良質な鉱石の選別から仕入れ、鋳塊への加工まで全てお願いした。

金なら乱獲した〈眷属狼の牙〉や〈毛皮〉の売却益で、唸るほどあぶく銭があった。

つまるところ——九郎が〈サーバスの樹海〉へ通ったこの一月近くは全て、一振りの魔剣を作るための準備だったというわけだ。

ジルコに用意してもらった〈ミスリルインゴット＋2〉が玉鋼代わり。

また鋳込む時に、ラーナが精製した〈触媒：吸生＋3〉を混ぜ込んでもらった。

そして、鍛えるのはギャラモンの練達の技。

生産系ギルドが集まるこの町でも、特に代表的な三人の名匠の力を結集し、昨日ついに完成したのである！


九郎は今度こそギャラモンから木箱を受け取る。

三人に見守られながら、自分自身ワクワクしながら、そっと蓋(ふた)を開ける。

天鵞絨(ビロード)の敷かれた綿のクッションに、魔剣が収まっていた。

煌(きら)めくほどに美しい銀色の刀身に、まず目を奪われた。

それでいて鍔(つば)や柄(つか)といった拵(こしら)えは武骨で、芸術品でも実用品でもあるというその二面性に、九郎の中二心がくすぐられる。一発で気に入った！

銘を、〈ライフサッカー〉という。


「鞘(さや)は本当に要らんのじゃな、坊主？」

「うん、〈アイテムボックス〉で出し入れ一瞬だからね」

ギャラモンの気遣(きづか)いに感謝しつつ、九郎は実際に手にとって矯(た)めつ眇(すが)めつする。

形状としては小剣(ショートソード)に分類されるだろう。

やや癖(くせ)が強いが、ゲームでは前衛、後衛を問わず、中級者を卒業するくらいのプレイヤーが愛用していた人気武器だ。

しかし九郎が受け取ったこの一振りは、ただの〈ライフサッカー〉に非ず。

三人の名匠が心血を注（そそ）いだ特注品。

ジルコらまでまるで子供のように瞳（ひとみ）を輝かせて、

「さすがイイ腕してるね、ギャラモン親方！　特上物（＋2）だとウチは見た」

「どこに目がついてんだい、ジルコ。最上物（＋3）だよ、こいつは」

「バッカもん、ワシが打ったんじゃ！　業物（＋4）に決まっとるわ！」

と鑑定に喧々囂々（けんけんごうごう）。

（ゲームで俺がゲットできたやつは、〈＋1〉しかなかったのになー）

と九郎もご満悦。

やはり《アローディア》では、いくらトッププレイヤーといえど九郎は百万人のユーザーの一人でしかなく、ＮＰＣの〝ギャラモン〟たちも特別扱いはしてくれなかったということだ。

「俺、今日早速こいつの試し切りしてくるよ！」

と九郎がまだワクワクを抑えきれずに言えば、

「おう、そうせい」

「私もさすがに〈樹海〉まで行くのは御免だけど」

「使用感教えてね、クロウ君！」

とギャラモンたちが、まるで趣味の合う遊び仲間のような顔で応援してくれた。

九郎も張り切って出かけた。

†

——張り切って来たのだ、九郎は。

〈ハイラディア大神殿〉。

待ち合わせ場所の、旅の女神ミケノンナのお社。

先に来ていた女騎士さんが、

「おや、クロウ殿。今日はひどく上機嫌だな」

とこちらの様子を見てとって言った。

二本の釣竿(つりざお)とバケツを持って。

「エッもしかして今日は狩らないッスか?」

「うむ。実は〈吸血ヘラジカの角〉がもう不要になってな。しかし、せっかくお互いに予定を合わせたのだ、前に言っていた釣りデートに充てようと思ったのだが——ご不満か?」

(試し気切りしたかったのに!)

別に不満というほどではないが、残念な気持ちがないといえばそれも嘘(うそ)になる。

一方、釣りをやってみたいのも、〈角〉が必要なくなった事情に興味あるのも偽らざる本音。

「承知した、クロウ殿。まったり釣り糸を垂らしつつ、その辺りの話もしようか」

と女騎士さんは請け負ってくれた。


というわけで、〈ライフサッカー〉の試し切りは後日に。

旅の女神像に祈願して、〈乙女(おとめ)の湖〉へ転移。

女騎士さんの手ほどきで、釣り方を教わる。

《アローディア》では九郎は〈釣り〉スキルもとってなくて、超初心者時代に〈王都〉内の池で軽くやったっきりだが、ミニゲーム方式になっていてぽちぽち楽しかった記憶がある。

だがリアルの釣りは忙(せわ)しないコマンド入力は要らず、ただ竿を構えて待つだけ。

「上手な者らは魚の気質をつかみ、竿を細かく動かして、エサが生きているように見せかけるテクニックも使うがな。基本は『どこの釣り場で』『なんの魚を狙(ねら)い』『どんなエサを使って』『どれくらいの水深まで針を下ろすか』の知識で釣果(ちょうか)が決まる、半ば知的遊戯なのだ」

「そうだったんスねー」

釣り糸を垂らして待つだけとか最初は退屈だと思ったが、すぐ入れ食い状態になったので、楽しくなってきた。

前に女騎士さんが言っていた通り、〈乙女の湖〉の魚たちは警戒心ゼロだった。

「またまたヒィーーットー！」

「ハハハ、こっちもだ！」

　まあデートというほど色気のあるものではなかったが、あたかも男友達と遊んでいる感覚で九郎は浮かれ騒いだ。

　女騎士さんはよほどの美人なのに、気兼ねのない空気を作ってくれる人柄がある。


　そして、爆釣フィーバーにも一旦熱が冷めた頃合いを見計らい、隣で竿を構える女騎士さんが例の事情を話し始めた。

「私の主のご友人に、パルマー伯爵という少し頼りのない御仁がいてな。〈吸血ヘラジカの角〉を集めていたのは、そのお方を助けるためだったのだ」

「ほうほう」

〝パルマー伯爵〟の名前は、九郎は聞いたことがなかった。

　つまりはゲームに登場しない、お世辞にも有力ではない貴族なのだろう。

「三か月くらい前ほどだ。伯爵領で、村人が毒蛇に噛まれる被害が続出した。しかも強力な毒を持つ新種で、普通の薬では解毒できなかった」

「ああ、〈吸血ヘラジカの角〉なら〈強解毒薬〉が大量に精製できますもんねー」

　その分、危険な〈サーバスの樹海〉に棲息する〈ヴァンプリック・ムース〉を、狩りに行かなくてはいけないわけだが。

女騎士さんが勇敢にも、そのリスクを押して〈樹海〉探索をしていたと。

そこで九郎と出会ったと。

「領内で事件が起きているなどと、伯爵からすると名誉な話ではないからな。解決するまで、私も主に口止めをされていた。クロウ殿にもそこは明かせなかった」

「うっす、気にしないでくださいよそんくらいー」

この女騎士さんが義理堅い人物なのは、短いつき合いでひしひしと感じている。

「でもじゃあ解決したんスね？　よかったじゃーん」

「ああ、私も昨夜聞かされた話だ。なんとも不気味な結末だった……」

と少し口を濁す女騎士さん。

だが九郎からすると申し訳ないが、ワイドショー的な好奇心をそそられる。

「伯爵領に毒蛇を撒いた犯人は、〈ラミア〉だったらしい――」

と名前を挙げる女騎士さん。


上半身は美女で、下半身は大蛇という、レベル五十台のモンスターである。

人間に化けることができて、権力者の寵姫として囲われ、夜な夜な主人の血を吸ったり、逆に虎の威を借りて民に悪さをする――というのがゲームの設定だった。

中級者用のクエストにも登場し、同じくポッと出のＮＰＣ子爵の愛人に収まり、領民を虐げているそいつを、子爵の正夫人の依頼で討伐するというのがあった。

九郎も当然、クリアした。

「その〈ラミア〉を誰かが退治したんスか？」

レベル五十台といえば、アローディアの住人にはけっこう厳しい強敵に思えるが。

「それが、不明なのだ」

「不明て」

「件（くだん）の〈ラミア〉は、パルマー伯爵に仕える騎士の一人に、保護されていたらしい。誰かに命を狙われているのか常に怯（おび）えた様子だったのが、その騎士の目には儚（はかな）い美人に映ったそうでな」

（ちょっとわかる気がする……）

九郎も美女に伏せ目がちに庇護（ひご）を求められたら、コロッといってしまいそう。

「まあ、それでいて騎士の血を夜な夜な吸うわ、領内に蛇を撒くわで、大した悪女（タマ）だが」

（そんな美人は嫌すぎた！　理解不能だった！）

「しかし、そいつの悪事が続いたのもわずか三月（みつき）。ある日、件の騎士が目を覚ますと、ベッドの隣で寝ていた〈ラミア〉が正体を現し、しかも全身の血を吸いつくされて干物のような死体となって転がっていたそうだ」

「ヒェッ」

思ったより不気味で陰惨な事件に、九郎は思わず竿を取り落としそうになった。

女騎士さんも、さもあらんとばかりにうなずくと、

「どうやって〈ラミア〉の血を吸いつくしたのか、手口は不明。その男だとて騎士だ、隣で誰かが暴れていたら、すぐ目が覚めただろうにな。さらには〈ラミア〉という強力な吸血の魔物を相手に、逆に吸血で殺してしまうとは、いったいどんな怪物なのか」

「それこそ本家の〈吸血鬼(ヴァンパイア)〉かもしれないッスねー」

九郎の頭の中には、〝半人半妖の吸血姫リリサ〟の姿が彷彿(ほうふつ)された。

もっとも、あのＮ Ｎ Ｍ(ニックネームド・モンスター)の狩場は〈サーバスの樹海〉――それも〈万年檜(ひのき)〉の周辺だけだと、ゲームでは明言されていた。

ただその一方で、〈ヴェロキア〉各地で受けることのできるクエストの中に、吸血鬼の被害者がチラホラと登場するのも事実だった。

設定考察班曰く、〝リリサ〟以外にも〈ヴェロキア〉に棲息する吸血鬼がいて、頻度は高くないけれども各地に出没するのではないかと。

（もしかしたら今回も、そいつの仕業かもしれないな）

九郎はそう思ったものの、メタ的なゲーム知識は女騎士さんには理解できないだろうから、確定情報でもない推測を口にはしなかった。

†

女騎士さんの釣果がバケツいっぱいになって、昼過ぎには解散の運びとなった。

美味しくない魚は全リリースという狼藉をカマしておいて、なおその結果の爆釣ぶり。

九郎が釣ったものは彼女が器用に活〆にしてくれて、〈アイテムボックス〉で持ち帰った。

〈樹海鯉〉というホンモロコに似た淡水魚がどっさりと、少量ながら〈陸ウナギ〉も釣れた。

どちらも極めて美味という話で、セイラに料理してもらうのが楽しみだ。

「たっだいまー！」

九郎は息せき切って帰宅すると、笑顔で玄関ドアを開け――


中を見て、表情が凍り付いた。

廊下でセイラが倒れ伏していたからだ。

「セイラさん⁉　どうしたのセイラさん⁉」

九郎は慌てて駆け寄り、容態を窺う。

セイラは完全に意識を失っていた。

脳溢血等の可能性があり、揺さぶるのはよくないとラノベで読んだことがあった。

「セイラさん⁉　セイラさん⁉」

「……う……あ……クロ……ウ……さ、ま……？」

大声で呼びかけ続けると、セイラの瞼がゆっくりと開く。

脳溢血ではなさそうだ。彼女の上体を抱え起こし、訊ねる。

「何があったの、セイラさん⁉」

「なんでも、ございません……。ただの貧血……です……」

「これがただの貧血なわけないだろ⁉」

九郎の母親は生理が重い体質らしく、毎月のように貧血で調子を崩していた。

だけど意識を失って倒れ込んだり、こんな風に朦朧状態になったことは一度もない。

「大……丈夫ですから……。いつもの……こと……ですから……。すぐに、良く……」

セイラはそう言った傍から、再び瞼を落として失神した。

「大丈夫なわけないじゃんか！」

九郎は叫び、セイラを抱え上げる。

こんなのがいつものことなら、大変なことだ。

そして、本当にいつものことならば、メルティアが把握していないはずがない。

だから九郎はセイラを抱えて、〈大神殿〉へと走った。

あそこなら神族の使う〈秘術〉なり司祭の使う〈奇跡〉なり、とにかくセイラを治療できる者もいるに違いない。

そう信じて、ひた走った。


〈ハイラディア大神殿〉に到着すると、すぐにメルティアが対応してくれた。

セイラが使っていた部屋がまだ残っていて、九郎が運んでベッドに横たえた。

メルティアが呼んでくれたベテランの女司祭が飛んできて、楽な寝間着に着替えさせるから、部屋の外で待つようにと。

ほどなく入室を許可され、おずおずと従う。

女司祭は続いて体力回復の〈奇跡〉を願ってくれていて、寝間着姿のセイラの顔色が心なしかよくなっていた。

でも快復に至る様子は全く見られなかった。

加えてメイド服のチョーカーだけセイラの首に巻かれたままだったのが、九郎の目には奇異に映った。

「セイラさん、大丈夫ですよね⁉　すぐに良くなりますよね⁉」

胸中の不安を押し殺し、メルティアたちに訊ねる九郎。

「クロウ様、少しお話をしましょう――」

果たしてメルティアは、良くなるともならないとも言ってくれなかった。

看病は女司祭に任せ、場所を変えることに。

いつもの応接間で、テーブルを挟んで向かい合う。

「セイラさん、いったいどうしちゃったんスか⁉」

「あの子が幼少の折に家族を亡くしたという話を、憶えていらっしゃいますか？」

矢も楯もたまらず質問した九郎に、メルティアは睫毛(まつげ)を伏せて答えた。

もちろん憶えている。

しかしそのことが、今のセイラの容態とどう関係があるのか？

果たしてメルティアは語ってくれた。

「事故や病気ではないのです。恐ろしい〈吸血鬼(ヴァンパイア)〉に襲われ、当時あの子が住んでいた村一つが滅ぼされてしまったのです。セイラの両親もその時に……」

「〈ヴァンパイア〉！」

昼間、女騎士さんの話からも彷彿したばかりで、九郎はタイミングの良さ（あるいは悪さ）

というか、何やらキナ臭い関連性を感じずにいられなかった。

「……〝吸血姫リリサ〟の仕業じゃないんスよね？」

「ええ。あの者よりも遥(はる)かに強大で、あの者の母親に当たる魔族です。〈吸血鬼の女王(ヴァンパイア・クイーン)〉です」

「…………っ」

聞いて、九郎はしばし考え込む。


〈ヴァンパイア・クイーン〉というモンスターは、ゲームには実装されていなかった。

そもそも魔族と呼ばれる存在が、〝リリサ〟らごく一部しか出てこなかった。

ゲームでは便宜的にモンスター枠で一括(ひとくく)りにされていたが――設定考察班によれば――魔王に仕える貴族や騎士階級に近しいエリートが、アローディア世界における魔族だという。

該当するのは〈ヴァンパイア〉や〈デーモン〉といった種族。

ゲームでも通常モンスターとは扱いが違い、クエストボスやＮＮＭ(ニックネームド・モンスター)としてのみ登場した。

強敵難敵ぞろいというのが九郎の印象で、レベル九十超えもざらにいた。

ならば件の〈ヴァンパイア・クイーン〉は、いったいどれほどの怪物か――

「……そいつってもしかして、〈樹海〉にある〈吸血城〉の主ですか？」

「ご明察です、クロウ様。神族（わたしども）の動向を窺うため、魔王が〈大神殿〉のほど近くに配したのが彼女――〝吸血女王アルシメイア〟なのです」

（やっぱりか！）

という想（おも）いを禁じえない九郎。

「ゲーム《アローディア》（チュートリアル）で、メルティアさんが近寄るなって、さりげなく示唆してくれてた奴（やつ）ですよね、そいつ？」

「はい、それもご明察です。アルシメイアは神族（わたしども）の手にも負えない、魔族の中の魔族といえましょう」

「ぶっちゃけトーク、ゲームの〈レベル〉換算でいくつくらいスか？」

たとえ百五十とか言われても驚かないよう、九郎は気持ちの上で心臓を叩（たた）く。

果たしてメルティアは力なくかぶりを振った。

「わ、わかりません。そして、あのゲームでは〈レベル一〇〇〉より上は、規定しておりません。クロウ様も含め、もはや神族（わたしども）でも計り知れない域だということです」

「そう……だったんスね……」

神族のメルティアをして、実力の底が知れないといわしむるＮＮＭ（ニックネームド・モンスター）。

だからこそ〈ヴァンパイア・クイーン〉は、魔王が神族の喉元（のどもと）へ突きつけた刃足り得るのだろう。

「アルシメイアは娘のリリサに些事（さじ）を任せ、普段は深い眠りについております。目覚めるのは十数年に一度。そのたびに村や町を襲い、吸血の限りを尽くすのです」

　とメルティアは言うが、なるほど〈レベル一〇〇〉のモンスターを相手に、地方の町村では一溜（ひとた）まりもあろうはずがない。

　仮に襲撃を受ければこの〈王都〉だとて、どれほどの被害が出ることか。

「セイラさんだけでも無事だったのは、きっと幸運だったたんでしょうね……」

「それが、そうとも言い切れないのです」

　メルティアがもう一度、弱々しくかぶりを振った。

「〈ヴァンパイア〉にも嗜好（しこう）が、また人の血にも一人一人味の違いがあるようなのです。アルシメイアは気に入った者を見つけると、一息には吸いつくさず〈吸血痕（こん）〉を刻み付けるだけで、敢（あ）えてその場は見逃します」

「〈吸血痕〉てゲームでも〝リリサ〟が使ってきた、状態異常攻撃のアレですか？」

「はい、一種の呪詛（じゅそ）のようなものです」

　九郎が率直に訊ねると、メルティアも首肯（しゅこう）した。

　ゲームでは〈吸血痕〉を刻まれたプレイヤー・キャラクターは、〝吸血姫リリサ〟と距離をとっても――それこそ逃げ出しても――継続的（スリップ）ダメージを死ぬまで受け続け、またその値だけ〝リリサ〟の生命力バーが回復する仕様だった。

さらにはその〈吸血痕〉による総ダメージが一定値を超えると、〝リリサ〟のレベルが一時的に上昇するという厄介な能力だった。

しかもこの〈吸血痕〉は〝リリサ〟を倒す、あるいは他のプレイヤーが倒してくれるまで、解除できなかった。

レベル九十九の〈司祭〉でも、アロード神族でも不可能だった。


「そしてセイラの首筋には、女王の〈吸血痕〉が刻まれているのです」


メルティアが初めて見せる哀しげな顔で、教えてくれた。

リリサどころか、もっと恐ろしい化物の目に留まり、呪われてしまったのだと。

九郎はしばし何も言えなかった。

思い起こせば、心当たりがいくつもあった。

セイラが九郎をからかうため、「うっかり部屋に入ったら着替え中の美少女が！」ドッキリを演出した時も、ほぼ全裸の彼女がなぜか首飾りは外していなかった。

逆に九郎が風呂上がりのセイラと鉢合わせる本物のハプニングが起こった時、彼女が咄嗟に隠したのは胸元ではなく首筋だった。

今もセイラはメイド服を脱がされたにもかかわらず、チョーカーだけはそのままだった。

「アルシメイアは夢現（ゆめうつつ）のまま、思い思いに気に入りの者たちの血を啜（すす）り、空腹を満たすと同時に味わうことを嗜好としているのでしょうね……」

そして〈吸血痕（のろい）〉を刻まれた者に、抵抗する術（すべ）はない。

セイラもまたしばしば、つまみ喰（ぐ）いをされていたのだろう。

「貧血体質だって言ってたの、都合の悪い話を誤魔化すお芝居だけじゃなかったんスね……」

「ええ……。普段は眩暈が起きる程度の貧血ですんでいたのですが、恐らくはアルシメイアが吸血量を増やしているのだと思います。もう飽きたのか、それこそセイラが死んでも構わないというくらいに……」

メルティアの言葉に、九郎は思うところがあった。

昼間の女騎士さんの話だ。

誰かに命を狙われていたと思（おぼ）しき〈ラミア〉が、つい先日いきなり全身の血を吸いつくされ、変死を遂げていたという。

その〈ラミア〉もまたアルシメイアに〈吸血痕〉を刻まれた、嗜好品（ひがいしゃ）だったのではないか。

「大いにあり得る話です、クロウ様。アルシメイアはなんらかの事情で、〈吸血痕〉を刻んだ全ての子らの血を、一気に吸い上げているのではないでしょうか」

「クソッ、どこまで身勝手な奴だよ……っ」

思わず悪態をつく九郎。

アルシメイアにいったいどんな事情があるというのか？　さすがに手掛かりがなさすぎて、窺い知ることはできない。

とにかく今問題なのは、セイラの身に差し迫った危機だ。

「あの子が着けているチョーカーには私の霊力が込められております。微力ながら女王の吸血（のろい）からあの子を護る効力があります」

だから絶命に至った〈ラミア〉と違い、セイラは昏睡程度ですんでいるのだと。

しかしこのまま緩やかに衰弱死に至るのも、時間の問題だろうと。

メルティアは言外にそう言っていた。

「……いつかはこんな日が来るだろうと……あの子は幼い時分から気丈にも……とっくに覚悟していたのです……」

「くっ……」

切々と語ってくれるメルティアの話を聞き、九郎は思い切り歯噛みした。

怒りとも悲しみともつかぬ激情が込み上げてきて、そうでもしないと堪（た）えられなかった。

言葉にならぬ何かを、叫び出してしまいそうだった。

メルティアの話はそれで終わる。

重たい沈黙がその場にのしかかる。

客を寛がせるために完璧に設計された応接室に、張り詰めた空気が満ちる。

と――

ノックの音が、その静寂を破った。

「セイラが目を醒ましました」

そう言って入室してきたのは、先ほどの女司祭だった。

ソファから腰を浮かせた九郎に、深刻な顔で告げる。

「魔術師様と、お話がしたいと申しております――」

†

セイラの部屋の前まで、再び案内される。

「これが最期になるかもしれません。くれぐれもそのおつもりで、魔術師様」

「私たちは外で待っております」

女司祭が強張った顔で言い、メルティアが二人きりにしてくれた。

九郎は勇気を振り絞り、ノックをして部屋に入る。

「ご心配をおかけしました、クロウ様」

セイラはベッドに横たわったまま、開口一番そう言った。

明らかに無理をしていた。顔色が蝋のように蒼白だった。

「事情は全部、メルティアさんから聞いたよ」

だから、なんでもないふりはしなくていいと、言外に告げた。

「メルティア様は存外におしゃべりですね」

それでセイラは諦めたように嘆息した。

その癖やっぱり笑顔は消さず、ベッド脇の椅子へ据わるように促してくる。

九郎が腰かけるのを待って、

「後のことは全て、司祭様に託しました。ですから何もご心配なさらないでくださいね」

「っ……。後のことって何？」

「この通り、私はもうクロウ様にお仕えできません。ですから近日中に、代わりの者がお世話をしに参ります。クロウ様がどんな料理がお好みで、お風呂の湯加減はどれくらいがよくて、朝は優しく揺り起こされるのが大好きで……そんな風に事細かにメモはとっておりましたので、後の者にもバッチリ伝わるはずです」

セイラは死期を悟っていながら、まるで他人事のように笑顔で説明を続けた。

メルティアの言う通りだった。本当にいつかこうなると覚悟がすんでいるのだ。

（いつもメモをとってたのだって、俺をからかうためじゃなかったのか……っ）

セイラがいついなくなっても、九郎の究極魔法創りに支障が出ないよう、備えていたのだ。

果たしてどんな気持ちでメモをとっていてくれたのかと、想像を巡らせると胸が詰まりそうになる。

（なんて心の強い人だろうか……！）

自らに待ち受ける非業の運命を顧みることなく、気丈にも周囲に悟らせず、九郎の日常生活を安んじるため完璧に家事を遂行し、また抜かりなく後事(こうじ)を託す――とてもじゃないが簡単な話ではない。

それはセイラもまたアローディア世界を救う使命を帯び、戦っていたのと同義だ。

加えて九郎を思い遣(や)ってくれる彼女の健気(けなげ)さが、胸に沁(し)みるではないか！

「……俺はセイラさんとお別れするのなんてやだよ」

声を震わせながら九郎は言った。

掌(てのひら)に爪が食い込むほど拳(こぶし)を握り締めた。

そうじゃないと思わず怒鳴り散らしてしまいそうだった。

筋違いの八つ当たりをセイラにするのは、本意ではなかった。

「今日、魚をいっぱい釣ってきたんだ。一緒に食べるのを楽しみにしてたんだ。そんで、今度は一緒に釣りに行こうよって誘うつもりだったんだ。びっくりするほど綺麗(きれい)な湖があるんだよ。

セイラさんも見たらきっと感動するよ。釣りも俺が教えてあげる。素人でも簡単だし、マジで入れ食いだし、きっと楽しいよ。だから……だからっ——自分の死を受け入れないで欲しい。俺とずっと一緒に暮らして欲しい。楽しいことをもっと一緒にして欲しい。誰かに後を任せるなんて言わないで欲しい。俺はセイラさんと一緒がいいんだ。セイラさんじゃなきゃ嫌なんだ……」

昂(たかぶ)る感情を抑え、語り聞かせる九郎。

セイラは黙って耳を傾けてくれていた。

だけど、嗚呼(ああ)、九郎は気づいてしまった。

語れば語るほど逆効果なのだと。

「ありがとうございます。クロウ様にそんな風に言っていただけて、本当に光栄です」

セイラは微笑を湛(たた)えて答えた。

「もう思い残すことはございません。ですからクロウ様もどうか私のことなど気にせず、この世界を救う魔法を創ってくださいませね」

メルティアだとてここまで悟りきってないだろうという——まるで本物の神仏のような

——透明な笑顔だった。

「やめてくれっ!!」

九郎はもう激情を抑えきれなかった。

堪らずにわめき散らした。

「世界なんかより私を救ってって頼んでよっ、俺にお願いしてよっ、どうせならっ‼」

声の限りに叫び、肩で息をしながら、セイラに訴える。

彼女は聞き分けのない弟を見る姉のような、しょうがないですねと言わんばかりの困った顔になりながら、

「落ち着いてください、クロウ様。とりあえず私のおっぱい揉みます？　気が晴れますよ」

「だからどうしてセイラさんはっ……こんな時まで俺をからかいたいのかよ⁉」

「そういうわけではないのですが」

セイラは一度言葉を切り、思案げになった後、

「最期ですしね。どうして私がエッチなことばかり言うのか、ネタバラシいたしましょう」

メルティアお墨付きの、貞淑なはずの元神官は、困り顔のまま教えてくれる。

まずは彼女の身の上話を聞いて欲しいと断ってから、

「私が〈大神殿〉に引き取られたのは、四歳の時分だったと記憶しております。両親を失った少女を慰めるため、メルティア様をはじめ多くの方々が私に、本当によくしてくださいました。でも……それでもやっぱり、見知らぬ場所で独りで、すごすのは、辛いものがあったのですよ。両親が恋しくて夜泣きが止まらない私に、寝付けるまでメルティア様手ずから子守唄を歌ってくださるなんて、それはもうしょっちゅうでした」

当時を振り返ってか、セイラは幸せそうに苦笑いを浮かべた。

メルティアに対するありったけの感謝が窺えた。

それから、

「クロウ様はどうですか？　見知らぬ異世界に独りでいらっしゃって、お辛くはないですか？」

「辛いと思ったことも寂しいと思ったことも、一度もないよ。セイラさんがいてくれたから!!」

「からかってばかりのお姉さんのこと、ウザいと思いませんでしたか？」

「むしろ毎日楽しかった！」

「フフ。私のこと、どすけべメイドだと呆れませんでしたか？」

「エッチなメイドさんが嫌いな男なんていねえ！」

「よかった。私も慣れない真似をした甲斐がありました」

そう告白したセイラの表情は、まるで今までの分をまとめて恥ずかしがり、且つ照れ隠しで無理やり微笑んでいるようだった。

平気な顔でエッチなことをすると思っていたお姉さんは、決して平気ではなかったのだ。

つまりは――

「俺が独りで寂しい想いをしないように、今まで無理をしてくれてたの……？」

「正直に申し上げれば、人をからかうのは好きというか、性分です」

でも破廉恥に振る舞う方はやはり無理をしていた、と。

「いくらなんでも奇特すぎない⁉　見知らぬ男を励ますために、そこまでできる⁉」

「奇特というなら私など、クロウ様の足元にも及びませんよ」

「どういうことっ？」

「見知らぬ異世界を救うために頑張ってくださるクロウ様の方が、私などよりずっと奇特だと思いませんか？」

セイラがクスリと本音半分、揶揄半分で指摘した。

九郎は二の句が継げなかった。

「そんなクロウ様にちょっとくらい役得があっても、バチは当たらないではないですか」

「でも……だからって……」

「私にだって甲斐性はあります。救世の英雄が――クロウ様が喜んでくださるなら、おっぱいの一つや二つで吝嗇は言いませんよ？」

セイラは言う傍から、ホレホレと自前の乳房を捧げ持つ。

でも衰弱したその手つきは弱々しくて、エロスよりも痛々しさを覚えてしまう。

九郎は途方に暮れた。

死を覚悟した人間に、どんな言葉を尽くせばいいのかわからなかった。

苦渋で形相を歪め、頭から煙が出そうになるほど考える。

それでも巧い言葉が見当たらない。

（――いや）

九郎は思いきりかぶりを振った。

説得の言葉など、わからなくて当然なのだ。

巧い言葉など、見当たらなくて当然なのだ。

所詮は自分は十四歳のガキだ。

このアローディアにとっては、最高の魔術師適性の持ち主かもしれない。英雄かもしれない。

でも、道成寺九郎はただのゲーム廃人だ。

呪文ならいくらでもすらすらと詠唱できるけど、巧言令色に精通しているわけじゃない。

だったらもう、格好なんてつけない。ガムシャラにいく。

ただ思いの丈を、ありったけぶつけるだけだ――

そう吹っ切ることができた時、九郎の表情から苦渋の色がさっぱり抜け落ちた。

「俺は今からもう本音でしか語らないから、最後まで聞いてくれる?」

「もちろんです。ぜひお聞かせください、クロウ様」

「ありがとう、セイラさん」

九郎はそう言って、席を立った。

怪訝そうにするセイラの眼差しを、毅然と跳ね返した。

そして、彼女の胸の双丘へと手を伸ばし、わしづかみにした。

柔らかかった。もちもちしていた。

「く、クロウ様⁉」

自分が揉めと言ったくせに、セイラが覿面に狼狽する。

今までずっと純情だった少年が、まさか挑発に乗るとは思わなかったのだろう。

カーッと頬を紅潮させて、蠟のようだった顔色に赤味がさした。

まるで人心地に戻ったかのようだった。

そんな彼女に、九郎は嚙んで含めるように語り聞かせる。

「俺は寂しがり屋のガキだから、独りじゃ生きていけないんだ。それにむっつりすけべだから、このおっぱいの感触の素晴らしさを知ってしまったら、もう手放す気になんてなれないんだ。何より第一さ――」

九郎はそこで言葉を切り、自嘲の笑みを浮かべる。

説得しようだなどと考えたのが、土台間違いだった。

そんな暇があったら、行動に移すべきだった。

「――スタートボタンを押さないゲーマーなんて、ゲーマーじゃないよね」

今すぐアルシメイアを斃(たお)しに行けばいい。

これはただそれだけのシンプルな問題(クエスト)なのだ。

「ま、待ってください、クロウ様っ。それはなりません！」

聞いて今度はセイラが血相を変えた。

さすが彼女は聡(さと)い。「スタートボタン」なんて言葉も知らないだろうに、九郎の決意を正確に汲み取っている。

咄嗟に手をつかんで、引き留めようとする。

「どうかご自重ください！　クロウ様の身にもし何かあれば、いったい誰が究極魔法を創るのですか。私個人の生死と世界の命運を天秤にかけるなど、絶対にあってはならないことです！」

「理屈は俺もわかるけどね」

「ましてや私は両親とともに、とっくに死んでいたはずの人間です！　それを幸運にもメルティア様のご温情を頂戴し、今日まで生き永らえたにすぎない女なのです！」

九郎の腕をもう両手でつかみ、フラフラとしがみついてくるセイラ。

自分の体を重しに使い、衰弱した状態でもできる精一杯で、懸命に引き留めようとする。

そんなセイラの健気な姿には、胸を打たれるものがあった。

「……そうか。セイラさんが頑(かたく)なのは、メルティアさんに恩があるからなんだね」

メルティアがやっとの思いで見つけ出した〈魔術師(スペルキャスター)〉を、自分が助かりたい一心で危険な目に遭わせるわけにはいかないと、それで必死になっているのだ。

でも、ならば、九郎にだって主張はある。

「さっきの話なんだけどさ。

俺のことを『見知らぬ異世界を救うために頑張っている、奇特な人』って言ったじゃん？

それ、誤解だよ。本当にそんな人間がいたら、奇特なんてレベルを通り越してるよ。

俺はね、究極魔法を創り出すのも、この世界を探検するのも、『楽しそう』だと思ったんだ。

メルティアさんの依頼を引き受けた理由なんて、ただただただそれだけだよ。

本当に悪いけど、異世界を救うって話自体に、ガチじゃ実感できないんだよ。

俺にとっちゃセイラさんを助けたい――この気持ちこそがリアルなんだよ」

セイラが亡くなった後のこの世界で、ヘラヘラ笑って冒険して、究極魔法の創作に没頭して、晴れて完成しました、めでたしめでたし――

なんて、楽しいわけがないだろう!!

「セイラさんの気持ちもわかるけどさ、俺だって自分の気持ちは枉(ま)げられないよ」

「……クロウ様は意外と頑固でいらっしゃいますね」

「どう考えてもお互い様だと思うけど？」

九郎が肩を竦めると、セイラが力なく噴き出した。

諦観、あるいは降参の微苦笑だった。

つかんでいた九郎の手も放してくれる。

代わりに、今度は顔に触れてくる。

九郎の両頬を、両手で挟むようにして、

「ヒドい顔です」

「知ってるよ。どうせフツメンだよ」

「冗談です。ヒドい人の顔です」

「それ言い直した意味ある？」

「女を泣かせる男の顔です」

「ああ、そういう……」

もうほとんど力が失われつつある手で、セイラが顔のあちこちを撫で回してくる。

そういえば〈ヒールスライム〉の軟膏を買って帰った時も、こんなことがあったと思い出す。

「クロウ様はああ仰いましたが、寂しがり屋のガキなどには決してできない面構えかと」

九郎の顔をじっと見つめて、セイラがぽつりと言った。

「でも色を好むのは、そうかもしれませんね」

九郎の顔をじっと見つめて、セイラがクスリと揶揄した。

「だけど、確かに英雄(おとこ)の顔ですよ」

九郎の顔をじっと見つめて、セイラがうっとりと嘆息した。


セイラも無理を利(き)かせることができたのは、それが限度だった。

再びベッドに横たわり、息をするのも苦しげな様子で、胸を上下させている。

そんな衰弱著しい彼女を、九郎は寝かしつける。

子守唄に自信はないし、メルティアと比較されても業腹(ごうはら)なので——

『エルカ・メナウ・ササレバ・ソーン』

と、〈スリープ〉の呪文を唱える。

セイラはただちに、深い眠りに落ちた。

寝顔は安らかなものだった。

「目が覚めるころには、すっかりよくなってるからね」

九郎は耳元で囁(ささや)いてから、最後にもう一回おっぱいを揉んでおこうかなと考え、眠っている女の子にそれをするのは卑怯(ひきょう)だなと考え直し、セイラの頬を撫でるだけにする。


勇気はもらった。

九郎は決然と踵を返す。
セイラが見惚れた男の顔で。

第七章　九郎、征く

セイラの部屋を後にすると、廊下で待っていたメルティアと女司祭に鉢合わせる。

九郎は思わず、ばつの悪い顔になる。

一方、神懸かりな意思疎通能力を持つメルティアは、その表情を見ただけで全てを悟ったか、

「私の立場上、クロウ様を〈吸血城〉へ行かせるわけにはいかないのですが……」

利かん坊に悩まされる保育士のような、弱り顔で頬に手を当てる。

しかし、それもわずかのこと。

すぐに一人の娘を持つ母親のような顔つきになって、

「されどセイラのことをそこまで想っていただき、本当にありがとうございます。クロウ様」

と立場上、言ってはならない本音を口にし、また深々と頭を下げた。

その後ろでは女司祭がさすがベテランの味で、何も聞こえていないふりをしていた。

そして、頭を上げたメルティアも肚が据わった様子になって言った。

「猶予は一晩です、クロウ様。私の治癒の〈秘術〉を以って絶対に、あの子の生命を保たせてみせます」

力強く、またとてつもなく重い宣言だと九郎は受け取った。

今、メルティアが口にした「絶対」は文字通りの「絶対」。

明日朝までは、神族が何がなんでもセイラの無事を保証してくれる。

だが、それまでにアルシメイアの討伐が間に合わなかった場合は、もはやセイラの命はない。

奇跡など決して起こらず、幸運にも頼るべきではない。

そういう状況なのだと九郎は肝に銘じた。

「行ってきます」

「はい、クロウ様。どうかご武運を」

メルティアがもう一度深々と腰を折り、送り出してくれる。

他でもない神族が勝利を祈ってくれたのだ。

気休め以上のご利益があると、九郎は信じた。

†

旅の女神像に祈願し、〈乙女の湖〉へと九郎は瞬間転移する。

そこからは己の足でダッシュだ。

まずは〈万年檜〉を目印に、さらに東へ向かう。

自前の方位磁針は当然、とっくの昔に購入している。

「夕方までに間に合うか……」

樹海の悪路に舌打ちを堪（こら）えながら、じっとりとした焦燥（しょうそう）を覚える九郎。

リアルでは一度も〈吸血城〉に近寄らなかったために、距離感覚がわからない。

下手をすると日没が来る。

夜は〈吸血鬼（ヴァンパイア）〉どもの時間だ。

ゲームでも〝吸血姫リリサ〟は夜間になると、全ステータスが大幅に上昇した。

それでも朝を待ってから攻めるという選択肢は、九郎にはない。

メルティアが提示したタイムリミットに間に合わない。


魔力で強化された義体の脚力を使い、樹間を吹き抜ける風のように疾駆（しっく）する九郎。

しかし、そのスピードについてくる俊足のモンスターどもが、ワラワラとやってくる。

〈ファミリア・ウルフパック〉だ。

しかも行く手には、〈ヴァンプリック・グリズリー〉の巨軀（きょく）が立ちはだかる。

「おまえらにかかずらってる時間はないんだよ！」

九郎は咆（ほ）える。

同時に呪文（じゅもん）を詠唱する。

『命よ凍てつけ！　死の棺にて眠れ!!』

レベル九十二で習得した、《フリーズデス》。

九郎の右手から解き放たれた冷気が、何万、何億の氷の結晶を煌めかせつつ、行く手を遮る〈グリズリー〉を呑み込む。

一発で凍死させ、巨大な氷のオブジェに変える。

そいつを跳び越え、九郎は一度も足を止めずにひた走る。

しかし今度は群狼どもが、天敵がいなくなったと見るや次々と襲い掛かってくる。

こちらを凌駕する速度で追い付き、巧みに連携する波状攻撃。

だが一瞬早く、九郎の呪文が完成した。

『拒絶する意志よ！』

レベル十八で習得できる《マナエクスプロージョン》。

純然たる魔力の衝撃が術者を中心に爆発し、周り全部を巻き込むという使い勝手の悪い魔法だが、仲間をケアしなくていいソロプレイヤーの九郎はゲームで多用した。

短呪文で発生が早いのも、初級に分類される割には威力が高い点もよい。

迫り来る〈ウルフパック〉どもと周囲の木々を、魔力爆発でまとめて薙ぎ倒しながら、走りを止めず突き進む。

〈サーバスの樹海〉は広大で、棲息するモンスターの数は膨大だったが、九郎はそれらの障害を一つ一つ除去し、打開し、驀進する。

義体の無尽蔵のスタミナで、どれほど走っただろうか？
やがて濃霧が、急激に立ち込めてきた。
目的地が近い証拠である。
しかし安堵はできない。既に日はほとんど沈みかかっている。
残照で血色に染まる霧の中を、九郎は走る。
そして前方――巨大なシルエットが、浮かび上がるように見えてきた。
城だ。
〈吸血城〉だ。
ゲーム同様、黒々とした不気味な外観。辺りへ威を放つ外壁。
城門は固く閉ざされている。
だが九郎は構わず呪文を詠唱した。
『ドッ・パッ・ガンッ！　我が進撃を阻まんと己惚れる者は前に出よッ！』
強い指向性と破砕力を持つ衝撃波を、前方一直線に打ち放つ。
城門を吹き飛ばし、さらに前庭を駆け抜け、城の玄関扉まで一気に貫通する。

レベル八十二で習得できる魔法、《ジャガーノート》だ。

爆散した門扉の、粉塵舞い散る中を走り、九郎も城内へ踏み込む。

さすがお城だけあって、玄関ホールはちょっとした広場並のスペースがあった。

天井も高い。四階まで吹き抜け構造で、正面には直通階段も見える。

これがゲームで実装された新ダンジョンだったら、どの階から攻略しようかと迷うところだ。

しかしリアルでは勝手が違う。

なんとダンジョンボスの方から姿を現す。

決して最深部でふんぞり返ってたりしない。


「随分と乱暴なノックもあったものだな、魔術師」


威厳と妖艶さを兼ね備えた女の声が、四階から降りかかる。

九郎から見てちょうど階段を登り切った先に、そいつはいた。

「あんたがアルシメイアだな、女王陛下？」

見るのは初めてだが間違いない。

隠そうともしない魔力の、凄まじいプレッシャーが玄関までビリビリと届く。

長命種の魔族相手に外見年齢も何もないが、人間だったらアラサーほどか。声同様に威厳と妖艶さの両方に満ちた、まさしく闇の女王然とした美貌の持ち主だった。

さらに後ろには、〝半人半妖の吸血姫リリサ〟も従えている。

こちらはゲームと全く同じ容姿。モンスターながらプレイヤー間で人気を博した、アイドル顔負けの美少女だ。勝気そうな釣り目なのに、可愛さが失われていないのがズルい。

アルシメイアは階段の上からこちらを、値踏みするように睥睨し、

「そういう貴様は、メルティアがわざわざ召喚したという異世界人だな？」

あちらも九郎の素性を一発で言い当てる。

「貴様の方からノコノコと来てくれて、手間が省けた。感謝するぞ？」

「なんだと？　どういう意味だ！」

「メルティアがせせこましい策を企んでいるのは、愚女が調べをつけていた。神族だなどと大仰に嘯いているが、とうとう異世界人などに頼るしかなくなったのかと、全く笑い話だよ。その上で頼みの綱たる異世界人を余が屠ってやれば、もっと面白くなるだろう。メルティアがさぞ絶望すると思わないか、異世界の魔術師よ？」

アルシメイアはこちらの神経を逆撫でし、嬲るように、ねっとりとした口調で語り聞かせる。

「まさか……」

九郎は愕然となって奮えた。

「まさかそんなくだらない理由で、あんたはレベルを上げようとしていたのか？」

怒りが後から後からふつふつと沸いて、奮えずにいられなかった。

しかしアルシメイアは、こちらの激情も気づかず呵々大笑。

「そうだ。魔力を高め、何者をも討つ準備が整ったところへ貴様が飛び込んできてくれたのだ。余が感謝すると言った理由もわかってくれよう？」

「フザケンナ‼　そんな理由でセイラさんの血を吸い尽くそうとしてんのかよ！」

四階まで続く階段を隔て、互いに睨み合う視線がからみ、火花を散らす。

「セイラだと？　知らんな。何奴だ？」

「おまえが知ってるわけないだろ。俺だって今朝食べたニジマスの名前なんか知らんし」

そこは別にいいし、傲慢だとかいちいち目くじらは立てない。


そう――

〈吸血鬼の女王〉からすれば、人間の血を吸って糧とするのも、アロード神族と敵対するのも、当然のことだろう。

それが彼女にとっての正義だろう。

ものの善悪なんて、立場が違えばいくらでも変わるという、マンガで百回くらい読んだ話だ。

でもだからこそ、九郎はアルシメイアに憤っている。

こいつがセイラのことを、己が糧として無頓着に貪ろうとしている。

ただその一点だけで、九郎にとってこいつは「悪（じゃま）」だ。

討つことに躊躇（ためら）いなどあるものか。


「「もういい」」

九郎とアルシメイア。

互いに相容れず、互いに理解し合えない二つの種族は、同時に対話を打ち切った。

後は闘争あるのみだ。

勝った方の正義が罷（まか）り通るだけの、シンプルな状況だ。

九郎は戦いの幕を切って落とす。

『騎士の如き驍勇を（ヴァラ・シュヴァラレスク）！』

素早く呪文を唱え、《フルフィジカルアップ》を発動。

一方、アルシメイアも鷹揚（おうよう）に呪文を唱えた。

『王たる我が立ち上がるは、国家存亡の刻（こく）のみなるぞ』

九郎の知らない呪文だ。

何をするのかと思えば、階上に玉座が召喚され（あるいは瞬間作成され）て、吸血鬼の女王が悠然（ゆうぜん）と腰を下ろす。長く優美な脚を組む。

その体勢で戦おうというのか。舐（な）められたものだ。

「下がっていろ、リリサ。余の〝狩り〟を邪魔するなよ」

「御意でーす」

女王様の舐めプが続く。

そんなアルシメイアは四階の高さから傲然と右手を翳すと、新たに呪文を唱える。

今度は九郎も既知のフレーズだった。

『『カ・カル・タ・カン。イフリート王の炎よ』』

応じて同じ呪文を詠唱し、同じ魔法で対抗する。

九郎が知る限りの範囲で最強の火炎魔法、《ブレイズ・オブ・ブレイジーズ》だ。

それを階下と階上から互いへと放射。

直通階段を舐めるように駆け上がる炎と駆け降りる炎が、真っ向から激突した――

†

極大の火炎魔法二つに炙られ、直通階段が焼け落ちる。

一階に墜落した大量の木材や石タイルが、轟音を立てる。

だが九郎もアルシメイアも無事だった。

階段のど真ん中で衝突した二つの《ブレイズ・オブ・ブレイジーズ》は、互いに喰らい合うようにその場で相殺し、相手にまでは届かなかったのだ。

「異世界から来たといえど、所詮は劣等種は劣等種だな。余の魔力、余の魔法には及ばぬ」

「…………」

哄笑とともに壮語するアルシメイアに、九郎は沈黙を返した。

同じ《ブレイズ・オブ・ブレイジーズ》を撃ち合った結果――威力だけを比較すれば少なくとも――あちらの方が上だという感触があったからだ。

これが魔族。

これが〈ヴァンパイア・クイーン〉。

これが〈レベル一〇〇〉。

（一手間違えば、俺は負けるな）

燃える心とは対照的に頭が冷え、より冴え冴えとなっていく。

廃ゲーマーの習い性だった。

攻撃魔法の威力は術者によって異なる。

ゲームによっては「同じベギ●マなら誰が使っても威力は同じ」という魔法システムのものも存在するが、《アローディア》では術者の〈魔力〉ステータスが参照された。

同じ初級魔法の《ファイア》でも、レベル九十九だった九郎が使うそれと、本当の初心者が使うそれでは、威力の桁が違った。

異世界アローディアでもこの法則が同様であることは、九郎も確かめていた。

わざと魔力を最低限しか練らずに同じ魔法を使ってみることで、威力の違いを調査したのだ。


また攻撃魔法同士はぶつけ合わせることで、互いに干渉することができる。

威力が近しければ互いに〈相殺〉するし、威力に差があれば小は完全に〈打ち消し〉され、大も何割か威力を〈減殺〉される（両者の差が開くほど、減殺量は僅少になる）。

この魔法独自の法則は、炎の魔法と雷の魔法をぶつけ合わせた時でも、威力が同等なら相殺するという、自然現象ではあり得ない結果をもたらす。

他方、同じ属性の魔法をぶつけ合わせた場合は、互いの威力にある程度の差があっても相殺できるという仕様も存在した。

また属性が異なっていても、炎と氷なら相殺し易いといった組み合わせも一部存在した。


ゆえに《アローディア》の〈魔術師〉たちは、敵の使う魔法の威力が己より勝る場合、相手の呪文のフレーズから咄嗟に属性を特定し、同属性の魔法をぶつけて相殺に持っていくというテクニック（ネットでは「カルタ」とか「ちはやぶる」とか呼ばれていた）を駆使した。

ただし相手の呪文を読み取る技術や知識がなかったり、どうやっても相殺できないほど魔力差がある場合は、もう割り切るしかなかった。

同時に魔法を使えば一方的に打ち消されてしまうため、タイミングを相手とずらして、交互に撃ち合う形に持っていく以外なかった（ネットでは「ドラクエ」とか「漢（おとこ）受け」「顔面（フェイス）受け」などと揶揄（やゆ）されていた）。

他ゲームではあまり類を見ない、《アローディア》独自の魔法システムといえよう。


そして果たしてこの独特の法則は、リアルでも同様なのか？

この一か月、九郎は結局試すことができなかった。

自分以外の魔術師と、知り合う機会を得られなかったからだ。

そして果たして今日になって、ぶっつけ本番で試すことができた！


『『銀風絢爛（けんらん）、嵐を具して疾く参れ（アンルフォン・デア・ヴィンデ）』』

階上、アルシメイアが傲然と玉座に腰かけたまま、翳した右手から凄まじい暴風を放つ。

九郎も同じ《シルバーストーム》で応じ、玄関ホールから銀色の嵐（あらし）を返す。

直通階段は焼け落ち、互いを隔てる四階分の宙空で、マイクロサイズの颱風（ぐふう）ともいうべき二つの魔法が荒れ狂い、激突する。

だが結果は〈相殺〉。

　互いの《シルバーストーム》は、相手に届かぬまま消散する。

　魔力でやや勝るアルシメイアがすかさず別属性の魔法で攻撃してきたのに対し、きっちりと九郎が「カルタ」で処理した格好である。

　ゲームでも散々にモンスター相手に磨いた技術だ、焦りもない。

「ちぃ。劣等種の分際で小癪な」

「早くも愚痴がこぼれるようじゃ、底が知れるぜ。女王陛下?」

「ほざいたな！」

　プライドを逆撫でされた〈ヴァンパイア・クイーン〉が、激昂して莫大な魔力を練り上げる。

　腰かけていた椅子が軋むほどの圧を放つ。

　応じて九郎も〈魔法媒体〉を意識し、丹田で魔力を練り上げる。

　その余波でゆらりと風が起こり、九郎を中心に渦巻く。

『『命よ凍てつけ。死の棺にて眠れ』』

　アルシメイアが放ち、九郎が応じた《フリーズデス》も、結果は同じ。

　悍ましいほど美しいダイヤモンドダストが乱舞した後、互いの威力を相殺した。

　ゲームではレベル九十台でようやく習得できる極大魔法を、三たび競い合わせて三たび互角。

「くっ、これもか……っ」

「やるじゃん、さすが〈レベル一〇〇〉モンスター！」

アルシメイアが美貌を歪めて歯噛みし、九郎が喜々と快哉を上げる。

たかが人間風情と侮っていた者と、心臓を叩きまくって挑戦しに来た者との、意識の違いがありありと形相に表れていた。


──と。


両者が漂わせた対照的な雰囲気を目の当たりにし、愕然となっている者もいた。

母親の邪魔をしないよう、後ろに控えていた〝吸血姫リリサ〟である。

(嘘でしょ……。魔族でもないのに、母上と魔術で伍する奴がいるっての……?)

信じ難い光景に、膝が笑い始めていた。

吸血鬼の女王ともあろうものが──〈吸血痕〉を刻んで泳がせていた、気に入りのエサどもから一気に血を吸い上げ──これでもかと魔力を高めた状態で、この状況なのだ。

(これがもし母上が眠っているところに、あの異世界人が奇襲してたんだったら……)

リリサは想像するだけで、胃の腑が凍りつくような戦慄を覚える。

母親の助太刀に入りたいが、自分の実力ではそれもままならなかった。

《ブレイズ・オブ・ブレイジーズ》、《シルバーストーム》、《フリーズデス》──そのどれ一つとしてリリサには会得できない極大魔法なのだ。

それをいとも容易く撃ち合うような異常な戦場に、無謀にも割って入ったところで、何一つ爪痕を残すことはできない。

気を散らせるなと、母親の逆鱗に触れるのがオチ。

（――いや。気を散らせる、か。試してみる価値はあるわね）

リリサはふと思いついた作戦を実行する。

鋭く口笛を鳴らし、〈樹海〉のそこかしこにいる眷属どもを呼び集める。

そう、〈ファミリア・ウルフパック〉どもだ。

玄関ホールで戦う異世界人の背後から、十重二十重とけしかける。

ろくな戦力にはならないだろうが、それでいい。

母親と高度な魔術合戦を繰り広げている異世界人の、ほんのわずかでも集中を削げるならば、充分すぎる大戦果だ。

もし呪文のフレーズの一つも噛もうものなら、それだけで魔法は発現せず、吸血鬼の女王が放つ極大魔法を相殺できず、異世界人は消し飛ぶだろう。

（最悪、時間を稼げるだけでもいいわ……っ）

もうすぐ日が完全に沈む。

そして、夜は吸血鬼の時間なのだから！

「ワオオオオオオオオオオオオオオオン！」

「ガウッ、ガウッ‼」

「ガアアアアアアアアアアッ」

数えきれない眷属狼どもが、城の外からやってくる。

破壊された玄関口から雪崩れ込み、次々と襲い掛かってくる。

（ウゼエな、もう！）

九郎は胸中で悪態をつきながら、右へ左へ群狼どもの牙と爪を掻い潜る。

だが、何しろ数が違う。

いくら義体と《フィジカルアップ》の恩恵で、九郎の身体能力や反射神経等が超人の域まで高められているとしても、やはり前衛職でもない自分にかわしきれるものではない。

肩口を爪で割かれ、脹脛に噛みつかれと、次々と被弾していく。

タフさも超人的な義体でなければ、この時点で致命傷だったろう。

「痛ッてえ！」

義体のおかげで痛覚が鈍感になっているにもかかわらず、顔を激しく顰める九郎。

レベル最大でも四十止まりの〈ファミリア・ウルフパック〉程度、その気になればいくらでも魔法で跳ね返せる。

しかし今はできない。

雑魚の処理に魔法を使えば、アルシメイアが放ってくる極大魔法を〈相殺〉できない。

実際〈ヴァンパイア・クイーン〉も、九郎が眷属の狼どもに手こずっていると見るや、そのチャンスを虎視眈々と狙っている。

ゆえに九郎は別の手段を講じる。

（ゲームでだってリリサは眷属を呼んだんだ。対策を怠るかよ！）

左手でペンダントの宝石をつかみ、〈アイテムボックス〉に収納されたそれを右手に顕現。

魔剣〈ライフサッカー＋4〉を抜き放つ！


（さあ、お披露目デビューと洒落込もうか！）

ドワーフの名工ギャラモンや練金ギルドのサブマスター・ラーナ、彫金ギルドの若きエース・ジルコたちの顔を思い浮かべ、感謝とともに振るう。

〈ウルフパック〉ども相手に大立ち回り、跳びかかってくる端から斬って捨てる。

義体と《フィジカルアップ》による超人的な運動神経のおかげで、武術素人の九郎でもザコ相手なら圧倒できた。

そして、魔剣の持つ特殊効果が発現した。

狼どもを斬るたびに、九郎が負った傷が治っていく。

〝生命を吸う者〟の銘の通り、モンスターの〈生命力〉へダメージを与えるとともに吸収し、逆に使い手の〈生命力〉へと還元しているのだ。

この効果がゲームでも前衛職、後衛職問わず、サブウェポンとして中級プレイヤーに人気の所以だった。

特に魔術師の九郎は〈HP〉回復手段が乏しいため――九郎が知る限り、回復魔法というのはアローディアに存在しない――また回復してくれる味方のいないソロプレイヤーの自衛手段として、トップレベル帯に上がっても愛用し続けた。

この異世界に来て「い」の一番に、制作にとりかかったのもそのためだ。

まさかいきなり〈ヴァンパイア・クイーン〉なんて強敵と戦うとは予想していなかったが、この苦境を凌げるのも九郎の用意周到さの賜物。

数の暴力にものを言わせる〈ウルフパック〉どもに、あちこちを噛まれ、爪を立てられても、魔剣の力で回復してしまえばよかろうなのだ！

「ええい、劣等種の分際で面妖な剣を使う……！」

階上の玉座でふんぞり返っていたアルシメイアが、業を煮やして様子見をやめた。

右手を翳すや、九郎への魔法攻撃を再開した。

『上古の黄胴、侮るべからず。神性、光輝、纏い溢れたるや！』

土属性の極大魔法、《オリハルコンブラスト》の呪文だ。

応じて九郎も同じ呪文を詠唱する――のではなく、

『リ・ク・レ・エン！　我が前方に無敵の城塞！』

極大防御魔法《インビンシブル・ウォール》を展開する。

四階から降り注ぐ疑似オリハルコンの礫の雨を、九郎が顕現した光の障壁がシャットアウト。

その一方で、九郎を取り囲んでいた〈ウルフパック〉どもは堪らない。

玄関ホールを掃射した《オリハルコンブラスト》の巻き添えを食らい、バタバタと倒れる。

《インビンシブル・ウォール》の傘の中に逃げ込もうとする賢い連中もいたが、それは九郎が斬り払って寄せ付けない。

結果、アルシメイアが討ち取ったのは、眷属ばかりという散々たる有様。


「なんだと……っ」

吸血鬼の女王が、玉座で絶句した。

別に何も眷属を手にかけてしまったことを、悔いているのではあるまい。

魔族の女王だ、そういう人間味のあるメンタリティとはかけ離れているだろう。

アルシメイアが驚愕したのは恐らく――九郎が〈ウルフパック〉の猛攻を凌ぐため、激しい回避運動を繰り返し、また当たるに幸い斬り払いと、大暴れをしているにもかかわらず、最前までと何も変わらず正確に状況判断を下し、且つ呪文を唱えてみせたからだ。

『カ・カル・タ・カン。イフリート王の炎よ』

女王は舌打ち一つ、性懲りもなく《ブレイズ・オブ・ブレイジーズ》を見舞ってくる。

『リ・ク・レ・エン！　我が前方に無敵の城塞！』

九郎は跳びかかってきた眷属狼を、姿勢を低くしてやりすごしつつ、同時にその後肢を斬り飛ばしつつ、同時に乱れなく呪文を唱える。

《インビンシブル・ウォール》がアルシメイアの極大火炎魔法を防ぎ、焼き払われたのは周囲に群がる眷属の狼どもだけという再びの結果に。

アルシメイアは忌々しげに、三たび四たびと攻撃魔法を連発した。

九郎がすぐにボロを出す、呪文詠唱に失敗するとタカを括っているのだ。

（舐めるな！　この俺がトチるかよ）

小剣一本、まるで踊るように群がる狼どもと殺陣を演じながら、それでも九郎は正確無比に魔法を駆使し続ける。

《アローディア》というゲームに出会って三年――「呪文を詠唱し、魔法を使う」という行為にこれほどまでに魅せられ、極め尽くし、百万プレイヤーの頂点に立った九郎が、過去何百回、何千回と暗誦してきたフレーズを、この程度の妨害でミスすることなどあり得ない！

（勝ったな）

と九郎は胸中で予言した。

そう、決して慢心などではない。

《アローディア》を極めた魔術師だからこそできる、確度一〇〇パーセントの予測だ。

「母上！　これ以上眷属どもを減らすのは――」

「わかっておるわ！　差し出口を叩くでないっ」

娘リリサの忠言に、アルシメイアは苛立ちつつも従った。

玉座からもう前のめりになって呪文を唱える。

『そは劈くもの！　ヴァナメイヤ。神鳴る矢にして青く閃く天の裁き』

雷属性の極大魔法、《ブルーライトニング》の呪文だ。

これは他の極大魔法と違い、効果範囲が縦方向には長いが収束されているため、標的の周囲への被害が少ないという特性がある。

また電撃ゆえに、発生から着弾までが圧倒的に速いという特徴も。

（ここが勝負所だ――）

九郎の瞳にカッと闘志の光が点った。

アルシメイアの口から「そは劈――」と聞こえた時点で応じていた。

もう光の障壁で防ぐのではなく、同じく《ブルーライトニング》で迎え撃つ。

いつものように大声で叫ぶのではなく、密教の真言の如く口中で唱える。

『そは劈くもの。青く閃く天の裁き』

アルシメイアの詠唱よりも、遥かに短いフレーズの詠唱。

だが魔法は正しく発現した。

無論、アルシメイアのそれが完成するよりもいち早く――

九郎の放った《ブルーライトニング》が、吸血鬼の女王を直撃！

〈レベル一〇〇〉の怪物相手に、ついに魔術合戦でリードをとったのだ‼

†

九郎がサービス開始と同時に《アローディア》を始めて、まだ二か月の時分の話である――

小学五年生且つ初級者プレイヤーだった自分は、その日も無邪気に遊んでいた。

レベルはようやく十八に達し、ちょうど〈サーバスの森〉で最強格の〈トレント〉に挑もうとしていた。

「他の奴らはとっくにパーティーで〈トレント〉狩りまくってるもんな。ソロは辛いよな」

などと愚痴りながら、親からお古をもらったばかりのタブレットを操作する九郎。

己のアバターである〝クロウ〟が道の整った〈森〉の中を彷徨い歩き、〈スカイバニー〉や

〈グレイウルフ〉といった雑魚どもにからまれては、攻撃魔法で一蹴していた。

そしていよいよ、狙いの〈サーバス・トレント〉とエンカウントした。

こいつは最大レベルで二十の強敵。

《アローディア》のモンスターたちはレベルに若干の個体差があり、隠しパラメータなので、いざ戦ってみるまでわからない。

目の前のこいつが、レベル十六や十七ならばよし。

十八なら同格。

しかし十九や二十の強個体を引いてしまったら、苦戦は必至だ。

九郎は脇に用意したメモを見ながら、タブレットへ呪文を音声入力する。

「『かくも断固たる拒絶する意志よ！』」

覚えたての無差別破壊魔法、《マナエクスプロージョン》である。

小学生には難しい言い回しに、トチらないか冷や冷やものだ。


全ての魔法のリストはゲーム内のライブラリでも、ネットの公式サイトでも閲覧が可能で、発動に必要な規定の呪文もしっかり掲載されている。

このごろの九郎はまだ全然暗記できておらず、お手製の呪文リストメモと首っ引きでプレイしていた。

噛んでしまって正確に発音できなかったり、読み上げに難儀しているうちに音声入力の受付時間をすぎてしまったりと、魔法不発動になるのもしょっちゅうだった。

幸い先制攻撃の《マナエクスプロージョン》は、過たず発動した。

〝クロウ〟を中心に全周囲へ魔力の爆撃が拡散、〈トレント〉へダメージを与えた。

しかし〈HP〉バーを削った量が微妙に少ない。

強個体を引いてしまった可能性が高い。

「ややべやべやべ……っ」

九郎は仮想方向キーを操作し、〈トレント〉の体当たりを回避するのに右往左往しながら、次の呪文を唱える。

焦って、ろくにメモも見られないまま、

「『拒絶する意志よ!』」

と、そこに自分で書き残した呪文――『かくも断固たる拒絶する意志よ』――よりも遥かに短いフレーズをソラで音声入力してしまう。

一瞬遅れてそのことに気づき、「アチャー」と目を覆いたくなる。

ところが《マナエクスプロージョン》は、過たず発動した。

「え……?」

きょとんとなる九郎。

思わず、まじまじとタブレット画面を凝視する。

回避するのも忘れ、棒立ちになった〝クロウ〟が〈トレント〉にボコられる。

しかし九郎は目先の戦闘どころの話じゃない。

もう一度、試してみる。

「『拒絶する意志よ！』」

さっきと同じ、公式で規定されている呪文の、半分ほどしかない短フレーズを唱える。

するとやっぱり《マナエクスプロージョン》が、しっかり発動するではないか。

（実はなんかテキトーに叫んでも、魔法が発動される……わけじゃないよな？）

今までも発音発声が上手くできず、発動失敗したことは多々あったのだから、決して適当に
音声認識されているわけではないはずだ。

そう思いつつ、一応試す。

「『拒絶！』」

と音声入力したが、やはりダメ。

〝クロウ〟が〈詠唱〉状態に入るだけでウンともスンともいわず、発動失敗。

〈トレント〉に重い一撃をもらい、そこで〈死亡〉。

〈リスポーン地点〉に戻るかどうかを確認する、選択肢が表示される。

しかし九郎は「ＹＥＳ」の文字をタップしないまま、しばし呆然とタブレット画面を見つめ続ける。

（……不思議なこともあるもんだな）

そう思いつつ、画面内で斃れ伏した〝クロウ〟から、妙に目を離せない自分がいた。


同じ日の夕食時。

仕事から帰ってきた父・八郎に、《アローディア》で起きた奇妙な出来事を話してみた。

「単純に不具合じゃないか？　サービス開始直後のＭＭＯだとあるある」

社会人になってからは自重しているそうだが、昔は廃ゲーマーだったという父親は、常識的な返答をした。

「運営に報告してやったら、喜ぶんじゃないか？」

「そうかなあ？　そうする」

食べ終わった後、まだ小学生だった九郎は父親に添削してもらいつつ、バグ報告のメールを運営に出した。

返事は翌日すぐ来た。

『仕様ですので、そのままプレイください』

――と。要約すればそういう内容を、馬鹿丁寧な文面で。

九郎は首を捻(ひね)るしかなかった。

不具合ではないのなら、公式の呪文リストには『拒絶する意志よ』とだけ書いてあるべきだ。

その日も父親に相談すると、

「へえ、ユニークだなあ。要するに公式裏技ってか、気づいた奴だけ得する隠し仕様ってことだろ？　今時こんなヤンチャなゲームがあるとは。まあ、いずれは皆も気づくんじゃないか？」

などと面白がっていた。

しかし父親の予想は当たらなかった。

不遇職の〈魔術師〉はとにかくやってるプレイヤーが少なすぎたため、ネット特有の集合知を以ってしても発見されない（あるいは九郎のように秘匿している）ままだったのだ。

ゆえに九郎はこの日以降独力で、他にも呪文を省略して発動可能な魔法がないか、総当たりで調べ続けた。

もちろんレベルが上がり、新たな魔法を習得した時も、同様に省略可能か確かめた。

すると《マナエクスプロージョン》の他にも、あるわあるわ。

割合的には十に一つくらいだったが、それでも少ないとはいえない。

一方で、レベル六十を超えた辺りからは、ただの一つも存在しなかった。

この不思議なゲーム仕様を、九郎は今では納得している。

《アローディア》に存在する魔法は全て、この異世界に実在する。

つまりは過去の魔術師たちにより、これこれこういう呪文を唱えれば、このような現象が起きると、一つ一つ編み出されていったというわけだ。

そしてその中には、呪文のフレーズが正確ではないものもあったと。

実は『拒絶する意志よ』だけで発動可能なのに、編み出した本人が『かくも断固たる拒絶する意志よ』が正しいフレーズだと思い込み、流布させてしまった。

多くの魔術師たちが使い続ける中で、その誤りが発見された。

異世界アローディアの魔術史において、恐らくこういう流れがあったのだ。

だから《アローディア》のプレイヤーにも、同じ過程と気づきを経て、呪文に対する意識を変え、研鑽して欲しいというチュートリアルだったに違いないのだ。


それを踏まえた上で、九郎はさらに一歩踏み込んで考えた。

ゲーム内では一つも発見できなかったが、レベル六十以降で習得した魔法群に、呪文が省略可能なものは本当に存在しないのか？

実は存在しているが、ゲームデザイナーであるメルティア自身が知らないだけではないのか？

今日まで誰も誤りを発見できないまま、あるいはごく少数の者に秘匿されたまま、間違ったフレーズで流布している呪文もあるのではないか？
なぜなら異世界アローディアに住むリアルの魔術師たちは、総じてレベルが高くない様子で、ならば——ゲームでもプレイヤーの少なさから検証が進まなかったのと同様に——高レベルの魔法に対しては集合知が機能していないと見るのが自然だ。

九郎はそう推測を立て、この一か月というもの実験を繰り返した。
なにしろ探索中での移動時間など、暇ならいくらでもあった。
そして、推察は的中した。
極大魔法から順に試していって、ついに一つ見つけることができた。
それが《ブルーライトニング》であった——

正面四階、アルシメイアがムキになって呪文を唱える。
『そは劈くもの！　ヴァナメイヤ！　神鳴る矢にして青く閃く天の裁き！』
玄関ホール、九郎は静かに口中で詠唱する。
『そは劈くもの。青く閃く天の裁き』
同じ《ブルーライトニング》の呪文でも、フレーズの長さが全く違う。

アルシメイアのそれは、ゲームの公式リストに載っていたものと同じ。

すなわち誤って流布したままの呪文。

ゆえに九郎の《ブルーライトニング》の方が遥かに早く成立し、アルシメイアを先制する。

ゲームでは大ダメージを与えると同時に、〈麻痺(まひ)〉の状態異常(バッドステータス)を付与する極大魔法だ。

浴びてアルシメイアは感電し、唱えていた呪文を中断させられる。

結果、九郎の《ブルーライトニング》だけが一方的に蹂躙(じゅうりん)する。

玉座などもう木端微塵(こっぱみじん)。吸血鬼の女王は座ってなどいられない。

否(いな)、蒼電(そうでん)の衝撃で立ってもいられない。片膝ついて呻(うめ)いている。

屈辱で震えている。

「おのれ……おのれ……おのれ……！　この余に膝をつかせるとは、万死に値するぞ！」

「母上、母上！　どうかご冷静にっ。あの劣等種(ニンゲン)は――いえ、異世界人は異常です！　ここはわたしに任せてお退きあれ！」

リリサが見かねて駆け寄り、肩を貸そうとする。

だが――

「黙りゃ！　吸血鬼の女王に敗走という選択肢はないわ！」

アルシメイアはいきなりリリサの胸倉(むなぐら)をむんずとつかむと、その華奢(きゃしゃ)な首筋に牙を立てた。

実の娘が苦悶(くもん)の叫びを上げるのも構わず、喉(のど)を鳴らしてその血を啜(すす)った。

そして気失したリリサを、まるで食い散らかした後の残飯の如く、窓の外へ放り捨てた。

「待たせたな、魔術師」

ゆらりと立ち上がるアルシメイア。

同時に最前よりも強い魔力が、女王の全身から立ち昇る。

リリサの血を吸った影響だろう、電撃を浴びたダメージもまた完全に癒えていた。

「余はもう負けぬ！」

膨大な魔力をこれでもかと練り上げ、再び呪文の詠唱に入るアルシメイア。

なお群がる眷属狼を魔剣で処理しながら、胸中でネットスラングを吐き捨てる九郎。

（そこが問題じゃねえんだよ、間抜け）

『そは劈くもの！　ヴァナメイヤ！　神鳴る矢にして青く閃く天の裁き！』

『そは劈くもの。青く閃く天の裁き』

両者が用いるは同じ魔法。

両者が唱えるは異なる呪文。

ゆえに結果は何度やっても同様。

九郎の《ブルーライトニング》が先に発動し、吸血鬼の女王を滅多打ちにする。

「バカな……！」

アルシメイアには何が起こっているか理解できない。

悟らせないために、九郎も敢えて大声では呪文を唱えない。

ゲーム《アローディア》に対人戦の要素はなかったが、いつか実装された時を想定し、相手に「カルタ」をさせないために、タブレットのマイクデバイスが音声を認識できるギリギリの範囲で、小声で詠唱する特訓もしていた。


そんな勝つことに余念のない九郎に対し、アルシメイアはプライドが邪魔して負けを認めることができない。

己の苦境を招いているのが、才能の差ではなく努力の差なのだと、理解しようともしない。

だから意地になって《ブルーライトニング》を連発する。

そのたびに九郎に一方的にやり込められても懲りない。

ボロボロになっても勝つまで続ける構え。

ゲームでもうんざりするほど大勢見かけた、「ヌーブ」とか「トロール」とか「パチンカス」とディスられていた連中と同じだ。


その無様な姿を九郎は目に焼き付けた。

一生忘れないと肝に銘じた。

なるほど〈ヴァンパイア〉というのは、強大な種族なのだろう。

その〈クイーン〉ともなれば、魔界でもエリート中のエリートなのだろう。

敗北感を味わったことなど一度もないのだろう。

同じ〈レベル一〇〇〉でも、九郎とはまさに大違い。

ゲームで「不遇職」と蔑まれ続けながらも、負けず嫌いと雑草根性で創意工夫を続け、そこに上り詰めた廃プレイヤーとは、勝負に対する心構えが根底から違う。

しかし自分だとて増長し、慢心すれば、いつでもアルシメイアとなるだろう。

レベルだけが高い、その高さを活かせない、ハリボテの魔術師と化すだろう。

（あんたは最高の反面教師だったよ）

セイラの命を奪われかけた、その憤りのままに乗り込んできた九郎だったが――

最後は感謝とともに呪文を唱えた。

『そは劈くもの。青く閃く天の裁き――』

右手から撃ち放った蒼い稲妻が、玉座を喪った吸血鬼の女王にとどめを刺した。

エピローグ Epilogue

アルシメイアがか細い断末魔の叫びを上げ、四階から真っ逆さまに墜落する。

既（すで）に致命傷を負っていたその体が、玄関ホールに叩（たた）きつけられた衝撃で完全に黒い煙と化す。

通常のモンスター同様、魔族たちも死体が残ることはない。

だが九郎（くろう）が今まで斃（たお）してきたモンスターたちとは、異なる現象が発生した。

黒煙がすぐに霧散するのではなく、九郎の方へとまっしぐらに流れてきたのだ。

「ぬぉっ⁉」

ひどく驚いたが逃げることもできず、黒い煙に巻かれる九郎。

しかも気味の悪いことに、煙が見る見る義体（からだ）に吸収されていくではないか。

ヘソの下――丹田（たんでん）にカッと火が点いたような感触が、にわかに起こる。

「これ何⁉　これ何⁉」

と、ビビる九郎。

だがその間にも、ヘソの下の違和感が消えていくというか、義体（からだ）に馴染（なじ）んでいった。

そしてまるで嘘（うそ）か幻覚だったかのように、怪奇現象はすっかり収まってしまった。

（なんだったんだ今の……）

九郎は唖然となりつつ自分の体のあちこちを触り、異変を確かめる。

が、やはりもう何もおかしなところはない。

九郎は頭を切り替えることにした。

（わからないことで気に病んでも仕方ない。それよりセイラさんの容態が気になる）

既にアルシメイアの呪縛は解けたはずだが、とにかく今は早く帰って確認したい。

九郎はすぐに踵を返し、自分が破壊した玄関口から前庭へ。

霧と闇に覆われた夜の森を、突っ切るように帰路に就いた。

†

とはいえ、灯り一つない夜の森を移動するのは難行だった。

木々の枝葉が邪魔して月明りすら届かないそこは、まさに深い闇の奥底という魔境。

九郎も一応は〈アイテムボックス〉にランタンの用意はしていたが、焼け石に水というか、コンパスを確かめることさえ苦労させられた。

まして行きのように全力疾走など不可能。

木にぶつかるか、下生えに足をとられてこけるのがオチ。

不幸中の幸いといえば、なぜか一度もモンスターにからまれることがなかったことだけ。

ずっと早歩きを強いられ、どうにか疾走できるようになったのは、空が白み始めてようやくという有様だった。

結果、朝帰りになってしまった。


「夜の森とかもう二度と歩かねえ……」

ぶつぶつぼやきながら、〈ハイラディア大神殿〉に到着する。

〈乙女の湖〉の女神像を使い、ミケノンナのお社に転移した九郎。

そんな自分を待っていたのは――

「お帰りなさいませ、クロウ様」

まるでいつものように出迎えてくれる、メイド服姿のセイラだった。

さすがにびっくりした。

「セイラさん、大丈夫なの⁉ 無理してない⁉」

「体調でしたらこの通り、すっかり快復いたしました」

しっとりと微笑むセイラの顔色は、確かにすこぶる良くなっていた。

この目ではっきりと確認できて九郎も安堵した。

自分がアルシメイアを討つことで、〈吸血痕〉から絶えず生命力を奪われる状態からセイラは解放されたはずで、ならばあとは体力回復の奇跡を祈ればすぐにも復調できただろう。

「でも、まさか一晩中ここで待ってくれたの⁉」

「申し訳ございません――」

セイラは苦笑いを浮かべながら頭を下げた。

「――最初はそうしていたのですが、クロウ様が一向にお戻りにならず、またメルティア様も夜が明けてからではないと難しいのではと仰られて、朝までお寝みをいただきました」

「いいよ、いいよ。それで正解だよ！」

一晩中帰りを待ってもらうとか、それこそ九郎の方が申し訳なさすぎる。

「改めて、ただいま！　セイラさん」

「はい。ご無事のお帰りで何よりです、クロウ様」

互いに歩み寄りながら、挨拶を交わす。

いつもの、なんでもないやりとりだ。

それをセイラとできることが、こんなにもうれしい。

昨日、「これが最期の会話になるかもしれない」と覚悟した後だから、ひとしおだ。

果たしてセイラも、同じ感慨を噛みしめているのだろうか――

九郎の目をじっと見つめながら、言った。

「美女の眠る城まで出かけて朝帰りだなんて、クロウ様もオトナになってしまいましたね」

「言い方に語弊がある……！」

「ゆうべはさぞ激しい一夜だったのでしょうね」

「激しかったのは命のやりとりだからね⁉」

「新たな生命を育むような体液の交換をしていらっしゃったと。クロウ様のエッチっ」

「どう考えてもエッチなのは妄想逞しいセイラさんの方だよね⁉」

「冗談です」

口元に拳を当て、忍び笑いをするセイラ。

本当にすっかり元通りの銀髪メイドさんの刺激的なトークに、九郎は脱力とともに深い喜びを覚える。こうじゃなくちゃと噛みしめる。

それからセイラは、

「私もクロウ様にご報告というか、見ていただきたいものが」

「え、ナニナニ」

興味津々の九郎の目の前で、セイラはうなじに両手を回し、チョーカーに手をかける。

丁寧に外すと、少し前屈みになって首筋を見せてくる。

眩しいほどに肌の白い、綺麗なうなじだ。

〈吸血痕〉などどこにも見当たらない。

幼い時分から、明日をも知れぬ運命に覚悟をしてきた少女が、その重く苦しい呪いから解き放たれた証左である。

（頑張ってアルシメイアを倒した甲斐があった……）

九郎は率直にそう思った。心からそう思った。

そして、ついまじまじとセイラの首筋を見つめていると、

「今度はクロウ様がお噛みになりますか？」

「そんな特殊性癖はねえよ⁉」

「私はクロウ様に、簡単には消えないようなキスマークを刻み付けていただきたいのですが」

「それどういう感情の発露⁉」

「むしろ私がクロウ様に噛みつきたいのですが」

「セイラさん特殊嗜好すぎない⁉」

九郎はポンポンとツッコむが、セイラはいつもみたいに「冗談です」と言ってくれない。

（まさか本気⁉）

と戦慄させられる。

あげくセイラがこっちの瞳をじっと見上げて、

「もし噛んでもよろしゅうございましたら、そのサインに目を閉じてくださいませ」

などと言ってくる。

（べ、別に噛むくらいいいけどっ）

九郎はドキマギしながら、ぎゅっと目をつむる。

なんかエッチだ。

「ありがとうございます。では——」

セイラの声が、不意打ちに感じるほどの至近距離から聞こえた。

かと思えば、彼女の唇と思しき柔らかい感触が、しっかりと押し当てられる。

九郎の唇に。

(エエエエエエエエエエエエエッこれなにいいいいいいいいいいいいい⁉)

びっくりして刮目する九郎。

てっきり噛まれると思ったのに、これではただのキスである。

セイラも九郎が目を開けたことに気づくと、恥ずかしそうに唇を離す。

「い、命を助けていただいた、そ、その、お礼です……っ」

クールなメイドさんとは思えない、もじもじした態度で言い訳のように言う。

「つ、つまらないものですが……」

「いや全然つまらなくないでしょ⁉」

「今のは謙遜ですっ。私にとっては……初めてですので、それなりに価値はあるものと自負しております」

「俺だって初めてだったんですけど⁉」

「は、恥ずかしいこと告白しないでくださいっよけいに照れますから！」

「先に言い出したのセイラさんだよね⁉」

九郎がツッコむと、セイラはもう照れ臭さが限界突破したのか、逃げ出してしまう。

さぞや火照ったのだろう頬をぱたぱたと両手ではたきながら、お社を去っていく。


（そんなに恥ずかしいなら、無理しなきゃいいのに……）

あるいは、だからこそお礼になるのか？

十四歳にはむつかしい。

九郎はそんなことを考えながら、小さくなっていくセイラの背中を見送る。

だから、気づいてしまった。

お社の入り口――廊下の陰から、微笑ましそうに覗いているメルティアの姿に。

本人は隠れているつもりっぽいが、身長二メートルもあるのでメッチャ目立つ。

「覗きは趣味が悪くねメルティアさん⁉」

「ふふ、申し訳ございません。クロウ様とあの子があまりに初々しくて、声をかけるのを躊躇ってしまいました」

そう言いながらメルティアは、まるで初めての恋人を連れてきた息子を見るような目で、セイラと入れ替わりにやってくる。明らかに面白がっている。

「ツッコみませんから！」

と九郎はむくれてそっぽを向く。

それでメルティアも困り顔に変わって、

「機嫌を直してくださいませ。そして私からも、ご無事をお祝いさせてくださいませ」

まるで幼児に対する母親のように、愛情たっぷりに抱き締めてくる。

しかし九郎は堪（たま）らない！　思春期男子なのだ、まだガキとはいえ年齢一桁（ひとけた）じゃないのだ。

メルティアとの身長差のおかげで、そっぽを向いたままの横顔が、彼女の大玉スイカサイズのバストに完全に包まれ（あるいは呑（の）まれ）、あられもない悲鳴を上げそうになってしまう。

「メルティアさんこれマズイって！」

慌（あわ）てて訴えると、口を動かすその振動で彼女のバストまでぷるぷる揺れて、よけいにマズイというかエッチな感触になる。

しかも五百歳超えのメルティアは、それこそオトナの余裕がありすぎて、「まあこれくらいのスキンシップはよいではないですか」とばかりの態度で放してくれない。

ますますぎゅ～っと九郎を抱きしめながら、

「このたびはセイラを救ってくださり、ありがとうございます。あなた様こそあの至難の試練（ゲーム）をクリアなされた、正しく唯一人のお方なのだと改めて実感いたしました」

「ゲームと言えばさあ！」

メルティアが放してくれないのなら、九郎はもう努めておっぱいの凄まじい量感を意識しないよう、真面目な話題を切り出す。

それは例の、アルシメイアを倒した直後の話だ。

吸血鬼の女王の肉体が黒い煙と化し、九郎の義体に吸収されたあの怪奇現象。

一晩経って、自力で気づいたのだ。

「よくよく考えたら、あれもゲームと同じってことスよね」

と、メルティアに推測を語り聞かせる九郎。


《アローディア》では、プレイヤーはモンスターを斃すことで経験値を得て、一定値を貯めることでレベルを上げることができた。

これは他のほとんどのRPGと同じ仕様なので、慣例的に倣っているだけだと思っていた。

しかし違ったのだ。

リアルのアローディアでも魔物や魔族を斃すことで、その魔力を幾何か頂戴できる——アルシメイアから発生した黒煙を吸収した途端、九郎の丹田が熱くなったのは、その魔力の高まりを皮膚感覚として捉えた結果だったのだ。


「仰る通りです。私の見るところ、クロウ様の基礎魔力は五パーセントほど上昇しております」

「やっぱりスか……」

自分ではもう体に馴染んだというか、魔力が高まった感覚が逃げてしまったのだが、神族の見立てなら間違いない。

「アルシメイアの前にも俺はモンスターを乱獲してたッスけど、せいぜいが〈ヴァンプリック・グリズリー〉だったんで、吸収現象が発生しなかったってことだよね」

ゲームでも、レベルが五つより下のモンスターを狩っても、もう一ポイントも経験値が入らない仕様だった。

「それも仰る通りです。クロウ様ほど魔力の高いお方ですと、よほどの魔物や魔族を討たない限りは足しにもならないでしょう」

逆に言えば、今後もアルシメイアのような化物じみた魔力を持つ強敵——すなわち〈レベル一〇〇〉相当のモンスターを恐れず狩っていけば、九郎はもっと伸ばしていけるという理屈。

（究極魔法を創る道筋が、一個見えたな）

〈魔力〉のステータスがより高まれば、より強力な魔法を会得できる。

これが《アローディア》のシステムだし、リアルでも同様めいたことをメルティアが最初に教えてくれたではないか。

ゆえに基礎魔力をどんどん高めていけば、現在習得している極大魔法をさらに改良したり、先人が理論だけは確立したが魔力不足で実現できなかった魔法を、九郎が代わりに会得するといったことも可能かもしれない。
まあ今は机上の論理だが——とにかくこの世界をたくさん探索して、いろいろ体験すれば、見えなかったものが見えてくるのだと、実感を伴って確信を得た。

そして話が一段落したところで、九郎は大きなあくびをする。

〈ヴァンパイア・クイーン〉と激闘を繰り広げ、徹夜で〈吸血城〉を探索した疲労が、一気にのしかかってくる。

「ごめん、メルティアさん。寝る前にもっかいちゃんとセイラさんと話をしたい」

「ぜひそうすべきです！　今すぐ追いかけて、さっきの（キスの）続きをするべきです！」

「茶化さないでくださいよも～！」

可愛く拳を握って力説するメルティアに、九郎は真っ赤になって抗議しながら走り出す。

さっきの（キスの）続きができるかと言えば、自分にそんな甲斐性はない。

でもメルティアの勧め通り、今すぐセイラを追いかける。

早くしないと、先に家に戻ってしまうかもしれない。

家族同然に大事な人が、帰宅を待ってくれているマイホームというのは、もちろん気持ちが良いものだ。

だけど今日は、一緒に帰りたい気分なのだ。

あとがき

皆様、はじめまして。あるいはお久しぶりです、あわむら赤光(あかみつ)です。

『スペルキャスターLv100』第一巻、お手にとってくださり誠にありがとうございます。

僕は昔から「呪文を詠唱して魔法を使う」という行為にとてもロマンとカッコよさを感じる人間でして、「呪文を詠唱して魔法を使う」という行為をテーマに何か面白いお話を書けないだろうかとそこから考え、生まれてきたのが本作『スペキャス』でございます。

僕と同じく「呪文を詠唱して魔法を使う」という行為にロマンを感じる読者様に、楽しく読んでいただけたらうれしいなあと思う一方、「呪文を詠唱して魔法を使う」という行為には興味ないけど「MMORPGモノ」は好きだから読んだるわ！　という読者様にもきっと楽しんでいただける作品になっておりますので、ぜひよろしくお願いいたします!!

それでは謝辞のコーナーに入らせてください。

まずは九郎(くろう)のマントの広がり具合といいセイラさんの体の一部の乗り具合といい素晴らしい表紙イラストを描いてくださいました、イラストレーターのミチハス様。キャラデザに関しましても細部まで、最後まで、妥協のないご姿勢に本当に脱帽いたしました。

ありがとうございます！

今回、自信満々で初稿を提出したあわむらへ、細部にほんのちょっとの工夫を足すことで倍は面白くなるからもっと最後まで粘りましょうねーと改稿指導してくださいました、担当編集のまいぞー様。これからも的確なアドバイスのほどよろしくお願いいたします。

ＧＡ文庫編集部と営業部の皆様も、今後ともお引き立てのほどよろしくお願いいたします。

新作を書くたびにいつも相談に乗ってくれる、同期の鳥羽徹さんにも変わらぬ感謝を！


そして、勿論、この本を手にとってくださった、読者の皆様、一人一人に。

広島から最大級の愛を込めて。

ありがとうございます！


二巻は女騎士さんの要請で、セイラも連れて帝国圏へ冒険に行くお話になる予定です。

アローディアの人類国家の中でも最も魔法技術が発達したかの国で、九郎が果たしてどんな大活躍を見せるのか、乞うご期待であります！

ファンレター、作品の
ご感想をお待ちしています

〈あて先〉

〒106－0032
東京都港区六本木2－4－5
ＳＢクリエイティブ（株）
GA文庫編集部 気付

「あわむら赤光先生」係
「ミチハス先生」係

本書に関するご意見・ご感想は
右の QR コードよりお寄せください。

※アクセスの際や登録時に発生する通信費等はご負担ください。

https://ga.sbcr.jp/

ゲームで不遇職を極めた少年、異世界では魔術師適性MAXだと歓迎されて英雄生活を自由に満喫する／スペルキャスターLv100

発　行　　2023年3月31日　初版第一刷発行
著　者　　あわむら赤光
発行人　　小川　淳

発行所　　SBクリエイティブ株式会社
〒106－0032
東京都港区六本木2－4－5
電話　03－5549－1201
　　　03－5549－1167（編集）

装　丁　　AFTERGLOW

印刷・製本　中央精版印刷株式会社

ISBN978-4-8156-1756-1
Printed in Japan　　GA文庫

処刑少女の生きる道（バージンロード）8—フォール・ダウン—

著：佐藤真登　画：ニリツ

ハクア打倒の鍵【星骸】を求め、メノウたちは古代文明が遺した巨大ジオフロント『遺跡街』へ侵入する。そこで待っていたのは、導師（マスター）『陽炎（フレア）』すら殺しきれなかったという最強のテロリスト・ゲノム、そしてミシェルの配下となったモモだった。白夜の結界を越え、原色のバグと化したゲノムに呑み込まれはじめる『遺跡街』。そんななか、メノウたちの前にひとりの異世界人が現れる。

「ボクこそが世紀を超える天才美少女ノノちゃんだぞ☆」

【星】の迷い人、四大人災（ヒューマンエラー）・星崎廼乃（ほしざきのの）。1000年の時を超えて現れた彼女が語る【星骸】の真実とは──。

北の大地に星が降る。彼女が彼女を殺すための物語、混濁の第8巻！